JN315701

さ無宿　はぐれ同心　闇裁き6

喜安幸夫

時代小説

二見時代小説文庫

目次

槍突き無宿――はぐれ同心 闇裁き 6

一　槍突き無宿

一

静かだ。だからといって、連日の緊張感が解けたわけではない。

それでも江戸の元旦は、芝浜《しばはま》や愛宕山《あたごやま》など日の出の名所や恵方《えほう》参りに庶民が足を運ぶ寺社などをのぞけば、いずれの町々も営《いとな》みが絶えたかと思えるほど閑散とし、広い往還ならいずこも子供たちの格好の遊び場となる。凧《たこ》の糸が風に鳴る音や羽子板が玉を打つ軽快な音を、落ち着いた雰囲気のなかに聞くのは、江戸の庶民にとっては最高の贅沢《ぜいたく》だ。

鬼頭龍之助《きとうたつのすけ》は、朝から八丁堀の組屋敷でその雰囲気に浸《ひた》っていた。ときおり歓声が混じるのは、同心仲間の子供たちのようだ。松平定信《まつだいらさだのぶ》が老中になって、初めて迎える天明八年（一七八八）の正月である。

おもてからは子供たちの声が聞こえるが、龍之助の組屋敷にいるのは下働きの茂市《もいち》とウメの老夫婦だけだから、元旦に限らず閑散としているのはいつものことだ。異なるところといえば、年末来の疲れから、茂市が雨戸を開け初日《はつひ》に照らされた白い障子がまぶしくて目が覚めたことくらいか。

元旦から来客があったのは、午時《ひる》分だった。客というほどのこともない。玄関に訪《おとな》いを入れず、直接庭のほうにまわり、

「兄イ、じゃねえ。旦那ア、起きてるかい」

縁側越しに白い障子へ声を投げたのは小仏《こぼとけ》の左源太《さげんた》で、もう一人、

「龍之助さまア」

いくぶん甘えたような声は、峠《とうげ》のお甲《こう》だった。

二人とも、龍之助が〝この者、存じ寄りの者につき……〟と認《したた》めた手札《てふだ》を渡している岡っ引だ。もっとも、お甲が龍之助の岡っ引であることは、ごく一部の者しか知らない。いわば、隠れ女岡っ引である。

龍之助の元無頼仲間の左源太や女壺振りのお甲が組屋敷に出入りしはじめたころ、茂市とウメの老夫婦は驚き訝《いぶか》ったものだが、いまでは慣れというより、

（仕方ない）

と、あきらめ顔になっている。

障子が開き、

「おう、来たかい。上がんねえ」

四つん這《ば》いの格好で首だけ出した龍之助に、

「こんな日、神明町《しんめいちょう》の長屋にくすぶってたんじゃ退屈で仕方ねえや」

「あたしも、きょうは紅亭《べにてい》が休みで、大松《だいまつ》一家のご開帳もしばらくありませんから」

などと、遠慮なく縁側から部屋に上がった。龍之助もこの二人と話すときは、つい以前の伝法《でんぽう》な口調になる。

「おや、二人とも時分どきを狙いなすったかい。あはは」

お茶を運んできた茂市が冗談まじりに言えば、

「左源太さんもお甲さんも、昼間から酒はござんせんからね」

台所のほうからウメも皺《しわ》枯《が》れた声を投げてきた。さっそく予定外だった膳の用意をはじめたようだ。

出された膳には、二合徳利が添えられていた。膳はお節《せち》料理だ。茂市もウメも不意に来た二人を、いたわっているようだ。この一月《ひとつき》あまり毎晩、町々の木戸が閉まる夜四ツ（およそ午後十時）ごろまで龍之助の夜まわりに随《したが》い、場所によってはそれぞれ塒《ねぐら》に帰るのが九ツ（午前零時）を過ぎることも珍しくなかったのだ。

龍之助と左源太、お甲だけではなかった。奉行所の定町廻《じょうまちまわ》り同心はむろんのこと、隠密廻り同心も走り、配下の岡っ引たちも当然駆り出されていた。

陽が沈み、暗くなりはじめてから町々の木戸が閉まるまでのあいだに、辻斬りが出ていたのだ。去年の霜月《しもつき》（十一月）に入ってからだった。そこへさらに、極月《ごくげつ》（十二月）に入ると槍《やり》突きが加わった。夜道を行く者を待ち伏せ、いきなり槍で突くのだ。その手口からも、またおなじ日に遠く離れた箇所に出没したこともあり、犯人は同一人物でないことは明らかだった。

「この年の瀬に……なんと恐ろしい」

「奉行所は何をしている」

諸人《もろびと》の声には、恐怖とともに奉行所への非難もまじっていた。それは同時に、ご政道への非難ともなる。時期が時期だけに、

「うむむっ、まだか！　何をしておる!!　まだ、捕まらぬのか!?」

連日柳営（幕府）においても、定信の喚《わめ》き散らす声が聞かれていた。南北両町奉行はただただ平身低頭し、奉行所に戻れば与力たちを叱咤《しった》し、与力は同心たちに檄《げき》を飛

ばし、同心は配下の岡っ引たちを引き連れ、ともかく町々を走った。

なかでも龍之助は目が血走るほど探索に奔走していた。それは朋輩《ほうばい》の同心や上司の与力たちの認めるところでもあった。陽が落ちてからの探索には、つねに左源太とお甲をともなった。それを茂市とウメは、身近に見て知っている。

「ほんと、ご苦労さんだねえ。わしらがもうすこし若けりゃ」

と、顔を見ればねぎらいの言葉も出ようというものだ。

龍之助には、

（辻斬りも槍突きも、俺の手で挙《あ》げねばならぬ）

理由《わけ》があった。左源太とお甲はその理由を知っている。だが、組屋敷で日々の世話をしている茂市もウメも知らなければ、北町奉行所にも龍之助が常に活動の拠点としている神明町にも、知る者は一人としていない。

龍之助にとって、辻斬りも槍突きも、あくまで生け捕らねばならなかった。だから左源太とお甲を常に同道しているのだ。

（この二人がおれば）

見つけさえすれば、殺さずに捕らえることは可能だ。

お節料理で中食《ちゅうじき》を摂《と》りながら、

「神明宮《しんめいぐう》にも恵方参りの人らが出ているだろう。大丈夫か」

「へへ、昼間に出たためしはありやせんぜ。もっとも、大松の兄弟《きょうでえ》たちが朝から地まわりをしていて、掏摸《すり》だって寄せつけやせんや」

龍之助が訊《き》いたのへ左源太は応《こた》え、

「だからあたしたち、こっちに詰めることもできるんですよう」

お甲も言った。

実際そうなのだ。辻斬りも槍突きも昼間は出ない。だから街道も町々の往還も、子供たちの遊び場になるのだ。だが、陽が西の空に沈みかけると、親たちはあわてて子供を找《さが》しに出て、無理やり引っぱって連れ帰るはずだ。元旦だからといって油断はできない。そうだからこそ、親たちは早めに出てきて子供たちを叱りつけ、自分たちもあとは戸を閉ざして外に出歩くことはなくなるだろう。

辻斬りも槍突きも、奇妙なのだ。物盗りではない。死体から、なにも奪われていないのだ。駕籠《かご》から降りたところをいきなり槍で腰を突かれ、深手だったが命はとりとめた商家のあるじがいた。

「――はい、突然でございました。駕籠舁《かごか》きたちは悲鳴を上げて逃げてしまい、私が痛くて唸っているところへ、また戻ってきたのです。賊？　分かりません。暗くて、姿も見えませんでした」

「――へえ、さようでございやした。お乗せしやした旦那がいきなり悲鳴を上げ、あっしらも殺されると思ってついその……。ふり返ると、怪しい人影はありやせん。それで恐るおそる戻りやして、旦那をまた駕籠にお乗せし、医者のところまで運んだんでございやす」

客の証言も駕籠舁きの話も一致していた。疵口《きずぐち》も明らかに槍で突かれた跡が一箇所だけだった。賊は離れたところから槍を突き出し、それだけで姿をくらまし、現場にはなに一つ手証《てしょう》を残さない。

「――物盗りではないようだ」

奉行所の判断が巷間《こうかん》にながれると、

「――お百度参りってあるだろう。なにか願かけをして、百人まで斬ったり突いたりするつもりかもしれねえぞ」

「――そういえば、出たのはいずれもお寺やお社《やしろ》の近くですねえ。あぁあ恐ろしい、恐ろしい」

噂がたちはじめていた。もっとも寺社の近辺は静かで、物盗りやそういった類《たぐい》には出やすいところだが……。

ならば元旦など、

「――縁起がいいなどと、とくにその日を狙い……」

言う者もいた。

それに願かけだとすれば、刀での辻斬りと槍突きを合わせても、

――百人にはまだまだ足りない
恐怖を煽るようなかわら版まで出ている。

奉行所は狼狽《ろうばい》しながらも、犠牲者が十指を数えるころになると、奇妙なことが分かってきた。

「刀の犠牲者は武士ばかりで、槍で突かれたのは町人ばかり」

なのだ。それに槍の犠牲者には女もいるが、刀で斬殺されたのにはいない。いずれも歴《れき》とした二本差しで、しかもどの死体も斬り結ぶ間もなく不意打ちに一撃で斃《たお》されたようすなのだ。これはそのつど出まわるかわら版も、ほぼ正確に伝えていた。

しかし奉行所でも分かったのはそれだけで、刀と槍が示し合わせているのか無関係なのか、それすらもつかみ得ていない。

「ともかくきょうも、日の入り前に出かけるぞ。いまのうちに寝ておけ」

「へい」

中食が終わると、龍之助と左源太はその場にゴロリと横になり、疲れているところに酒もすこし入ったせいかすぐ鼾《いびき》をかきはじめた。お甲も、

「ありゃりゃ、お甲さん。いつもすまないねえ」

ウメに言われながら膳のあとかたづけをすると、龍之助のすぐそばにゴロリとうつ伏せになり、寝息をたてはじめた。

「あれあれ、女の身で、はしたない」

普段ならウメは言うだろうが、きょうはそっとお甲に夜具をかけてやっていた。左源太はいつもの股引《ももひき》に腹掛《はらがけ》をあて腰切半纏《こしきりばんてん》を三尺帯で決めた職人姿だ。お甲は町娘の風情《ふぜい》を扮《こしら》えている。この三人なら、たとえ部屋の中にあっても異常があれば即飛び起き、それぞれの得物を手に飛び出すだろう。

二

緊張のなかに三ガ日が過ぎ、事件は起こらなかった。

「正月だからか」

「いや、きっとまた出るぞ」

庶民の恐怖は去らない。二日から商家ではすでに初荷が動いていたが、いずれも夕暮れ近くには暖簾《のれん》を降ろし、おもての雨戸も閉めていた。飲食の店など書き入れ時には、もう客は来ない。夜鳴き蕎麦《そば》なども、すっかり鳴りを潜めていた。

だが、六日、七日になると、

「辻斬りも槍突きも、去年のことだぜ」

「あら。そんならもう出ないの」

声が巷間に聞こえはじめた。

それを待っていたかのように、しかもおなじ日だった。八日であった。辻斬りは四ツ谷で、槍突きは赤坂の町家のはずれ……しかも刀での斬殺は武士で、槍で突き殺されたのはお店者《たなもの》だった。武士は即死だったようだがお店者は一命をとりとめ、証言したところでは、やはり駕籠舁きが逃げたときのようにともかく突然で、

「はい。姿は見ておりません。巾着《きんちゃく》も盗られませんでした」

お店者は取引き先へ集金に出かけて帰りが遅くなり、

(ま、わたしに限って)

と、夜道に出たらしい。物盗りなら相応の上がりになったはずだが、やはりなにも盗らず突いただけだったのだ。殺された武士も、紙入れはふところに残っていた。両

方とも、動機がまったく分からない。

たちまち諸人の恐怖は去年にも勝るものとなり、かわら版は売れ、

「奉行所はいったい何をしてる！」

声は強まった。町々のかわら版はまたそれを伝える。

奉行所は焦った。

「気の触れた者ではないのか。それでいて刀や槍を扱える物騒なやつ」

犯人像を組み立てた同心もいる。町の噂から割り出したか……だが、どの同心も該当しそうな者を見出すことはできなかった。

この間にも、柳営《りゅうえい》では正月の儀式は進んでいた。一月十一日だった。柳営では、御具足餅開《おぐそくもちびらき》の日だ。黒書院の大きな床の間に飾った神君家康《いえやす》公の鎧兜《よろいかぶと》に将軍が拝礼し、次いで御三家、御三卿に譜代大名、さらに老中、大目付などの諸職《しょしき》が居ならび、用意された餅を一人ずつ拝領し、懐紙に包んで持ち帰る。すべての順が終わるまでかなりの時間を要する。御具足をかたわらに上段の間では家斉《いえなり》将軍と刀持ちの小姓、それに老中で将軍補佐の松平定信の三人が座し、延々とつづく挨拶を受ける。徳川の武威はかくの如《ごと》しと見せつける、例年の儀式である。家斉は御年《おんとし》十六歳だ。中心は自然、松平定信となる。かつてそこには田沼意次《たぬまおきつぐ》が座していたのだ。

諸式を司《つかさど》る高家《こうけ》の者にうながされ、南北両町奉行が膝行《しっこう》したときである。上座の松平定信が両町奉行を睨みつけた。

（あとで）

の目配せだった。両名とも、定信の用件は分かっている。拝礼を終え、餅を拝領するときも、心ノ臓は高鳴ったままだった。

一方、北町奉行所では夕刻前に与力、同心に洩れなく寄合《よりあい》の沙汰《さた》があった。北町奉行は六百石取りの旗本で頭脳明晰の評判が高い柳生久通《やぎゅうひさみち》だった。歳もこのとき四十歳と働き盛りで、去年の長月《ながつき》（九月）に就任したばかりで意欲に燃えていた。そこへ降って涌いたのが、辻斬りと槍突きだった。犠牲者はすでに十指を超え、そのうち半数は武士なのだ。

太陽が西の空に大きくかたむいたころ、外濠《そとぼり》呉《ご》服橋《ふくばし》御門内の北町奉行所の正面門と玄関口がにわかに騒がしくなった。奉行の柳生久通が柳営から帰ってきたのだ。権門駕籠の乗物ではなく、騎馬だった。随《したが》った数名の与力も騎馬で、内濠《うちぼり》大手門に出張っていた数名の同心らは徒歩《かち》であとにつき、さらに二十人ほどの槍持《やりもち》、挟箱持《はさみばこもち》などがつづいている。

龍之助ら待ち組の与力、同心らは玄関前の庭に出て迎えた。大手門まで出張っていた者も待ち組の者も、柳営の武威を示す儀式があったこの日、奉行からの召集がかかった理由は分かっている。いずれも緊張した面持ちで、馬上の柳生久通などは表情が引きつっていた。

「――その方ら、町奉行の役務をなんと心得おるか！」

柳営で神経質な松平定信に、両町奉行が面罵《めんば》されたことはいうまでもない。

さらに定信は、罵倒の最後にソッと言った。

「――不埒《ふらち》なかわら版ものう、取り締まれ」

「――ははーっ」

犯人の手証すらつかめていないのだ。両町奉行はただ平伏する以外になかった。しかも定信にとっては、老中と将軍補佐に就き最初の正月が、わずか二人か、あるいは三、四名か、それら狼藉者のためにまったくめでたくない年明けとなっているのだ。町奉行たちにしても、事態の推移によっては向後《こうご》の出世に響くことは必至だろう。

与力と同心が一同に集まり、広間は緊張と悲壮感に包まれている。

奉行の柳生久通は一同を見まわし、

「その方ら、町方の役務をなんと心得おるか！」

もちろん気の触れた者に限らず、巷間に住む浪人者、槍術《そうじゅつ》道場など、いまも懸命の聞き込みを入れている。目串《めぐし》をつけた深川の槍術道場を岡っ引とともに数日張り込んだ同心もいた。だが、夕刻に槍を担いで町に出る者など一人としていなかった。

「一同、身命を賭《と》せ！」

「ははーっ」

承知の平伏はするが、方途《ほうと》は運よく犯人に遭遇するのを願いながら町へ足を棒にする以外にない。

もちろん奉行は老中の意を受け、

「不埒なかわら版を徹底して取り締まるのだ」

下知《げじ》したことはいうまでもない。だが、町角に鳴り物入りで読売《よみう》りをしているかわら版を取り締まるのは、簡単なようで実は簡単ではない。

かわら版などとは、当方はかわら版屋でございと商舗《みせ》を張り暖簾を出しているのではない。事件のたびに町の与太や暇人が集まり、文面をつくって彫り師に彫らせ、それを擦り師に百枚、二百枚と摺らせて町へ売りに出るのだ。そこで売り切ると仲間は解散し、次に事件が起これぱまた集まる。辻斬りや槍突きが出るたびに、そうしたかわら版が出るのだから、お上にすれば不安を煽るものとして厄介な存在となる。だが諸人《もろびと》は競って買う。早摺りの一枚ものなら三文か四文と、子供が駄菓子屋で買う団子

一串ほどの値だから、町角で、

「さあさ、出たよ、出たよ、また出たよ」

と、読売りの声を張り上げれば、百枚や二百枚はたちまちに売り切ってしまう。

奉行の訓示が終わり、一同は急ぐように廊下へ出た。陽が沈みかけている。同心たちで、これから八丁堀の組屋敷に帰る者などいない。いるとすれば、お店者や職人に変装するためだ。

「おい、鬼頭」

龍之助を呼びとめたのは、与力の平野準一郎《ひらのじゅんいちろう》だった。平野も騎馬で奉行に随い、大手門に出張っていた。与力と同心だが、ともに市井《しせい》で無頼の一時期を過ごした過去があり、奉行所のなかでは異色の存在で、互いになにかと気を許し、信頼しあっている二人だ。普段ならともに笑顔で話すのだが、このときばかりは呼びとめた平野の表情が真剣なら、呼びとめられた龍之助も口元を引き締め、

「平野さま。柳営の大目付や目付の方々から、なにか手証は得られませなんだか」

「ない」

逆問いを入れた龍之助に平野は短く応え、

「のう、鬼頭よ。目線を変えてみぬか。そなたにしかできぬことじゃ」

言いながら平野は龍之助を廊下の隅にいざなった。

「目線を変えろとは？」

「これまでわれらは、犯人は武士と決めてかかっていた」

「それなら、犯人は町者で無頼の徒かもしれぬ、と」

「辻斬りはやり口からかなり手練《てだれ》の者で、これは武士だろう。だがな、槍はどうじゃ。不意打ちの突きだけなら、度胸さえあれば……」

「あっ」

龍之助は小さく驚きと納得の入り混じった声を上げた。案山子《かかし》を相手に突きの練習をすれば、腰や腕の力の入れ方など、自然に会得できる。つまり、

（武士とは限らない）

成り立つ発想だ。

「それに動機だ」

「平野さま。なにかお考えが……？」

龍之助は緊張を隠した。とっくに龍之助は予測を立てていたのだ。だが、それを話したのは左源太とお甲だけであり、相手が平野準一郎とはいえ、自分から披瀝《ひれき》することはできない。龍之助が、犯人は〝俺の手で〟と思いつめた理由の一端もそこにあっ

た。できれば、朋輩たちにも柳営にも思い至ってもらいたくない……。

だが平野は言った。さすがは龍之助と似た無頼の過去を持つ与力だ。

「物盗りでもないのに、つぎつぎと人を殺《あや》め、止むところがない。こいつぁきっと、世をすねているか恨んでいるか……そんな輩《やから》に違《ちげ》えあるめえよ」

平野与力も龍之助が相手なら、つい使い慣れた伝法な口調になる。

「………」

「どうしたい」

「いえ。ただ、その、いまのお言葉で、探索の範囲が広がったような気がしまして」

「そうかい。おめえが一番手柄を上げるのを期待してるぜ」

「はい。さように心がけております」

龍之助は応えた。本心だ。

奉行所の正門付近はいつもより混雑していた。退出時分には、与力や同心たちの組屋敷から下男たちが迎えに来ているのだが、きょうは一同同時退出であり、それに岡っ引たちも来ている。これから即見まわりなのだ。

「旦那ア、こっちでさあ」

龍之助には左源太とお甲が来ていた。左源太は元旦のときもそうだったが、股引に腹掛をあて腰切半纏をつけたいつもの職人姿だ。これが一番動きやすく、得意技の武器も取り出しやすい。お甲は元旦とおなじ町娘の風体《ふうてい》だが、イザというときにはサッと裾《すそ》をわり、帯に手を入れ身構える。だが外見は、同心が配下の町衆の男女を二人随えているようにしか見えない。

「これからですなあ」

「お互いに」

同心たちは互いに言葉をかけあい、それぞれの配下を引き連れ持場《もちば》の方向に散って行った。龍之助は東海道に出ると、日本橋とは逆方向の南へ折れた。新橋を渡り、定廻りの受持ちである芝のほうへ向かったのだ。平野準一郎がさきほど、奉行所の捕方を何人かつけようかと言ったが、龍之助は辞退した。配下は左源太とお甲の二人だけでなければならないのだ。

陽が落ちた。いつもならこの時分、暗くならないうちにと大八車や荷馬が忙しく行き交い、往来人も家路を急ぎ、街道にはきょう一日を締めくくる活気が満ちているのだが、すでに閑散とし、歩く者は怯《おび》えたような急ぎ足になっている。それがもう去年からつづいているのだ。

左源太が腰切半纏のふところから提灯《ちょうちん》を取り出し、暖簾《のれん》を降ろそうとしていた蕎麦屋で火をもらって点《つ》けた。ぶら提灯だ。同心のなかには岡っ引に弓張《ゆみはり》の御用提灯を持たせた者もいるが、これではいま見まわっているぞと相手に教えてやっているようなものだ。

新橋方向に向かいながら、

「さすがは平野さまだ。犯人を〝世をすねた者〟と、目串をつけなすった。聞いてて冷や汗をかいたぜ」

「えっ。藩の名も？」

龍之助が言ったのへ、お甲が返した。街道にも暗さが徐々に増している。

「そこまではまだだ。だからその前に俺の手で……。それになあ、槍のほうだが、平野さまは、武士じゃねえのではないか……と」

「へへ、兄イよ。そりゃああっしが前から言ってたじゃありやせんか。槍ならあっしだって使えまさあ」

「そうそう。兄《あに》さん、槍もけっこう使ってたもんねえ」

左源太が言ったのを、お甲がつないだ。

「どういうことだ。詳しく話してみろ」

「えっ、まだ話してやせんでしたかい」

横ならびで闇のなかに歩を踏みながら、ハッとしたように興味を示した龍之助へ左源太は、

「山ではねえ、分銅縄《ふんどうなわ》だけじゃありやせん」

言いながら腹掛の大きな口袋《こうたい》を半纏の上から押さえた。それに合わせたか、お甲も確かめるように帯のあたりをさすった。

「最期のとどめは、やはり槍でさあ。それも一突きに首のあたりをね。猪《いのしし》などは向かってきやすからねえ、そこを真正面からエイッと」

左源太は江戸へ出てきて与太を張る前は、甲州の小仏《こぼとけ》宿《しゅく》に近い山村の、樵《きこり》とマタギをかねた家のせがれで、物心のついた時分から山中を駈けめぐっていた。猪や鹿を仕留めるときの話をしているのだ。

「お江戸の町中《まちなか》に槍突きが出たって話を聞きやしときね、まっさきに思い出しやしたよ。小仏の山中で突進してくる猪に、分銅縄は間に合いやせん。とっさに槍で迎え打ったときのことをね」

「あたしも。でもさ、そんなの想像したくないけどさあ」

お甲がつないだ。お甲も左源太とおなじ村の出で、だから左源太を〝兄《あに》さん〟と呼び、それぞれに〝小仏の〟とか〝峠の〟などと二つ名をとっているのだ。

「そうさ。それは考えたくもねえ。まったく、だっちもねー」

「いや、左源太にお甲。おめえら嫌《いや》かもしれねえが、その線で探索を進めるぞ」

「えぇえ！」

「本気ですかい」

龍之助が言ったのへ、お甲と左源太が同時に返した。

三人の足は、江戸城外濠から流れてくる堀割《ほりわり》の新橋にかかった。水の音が聞こえる。このあたり、陽が落ちても飲食の常店《じょうみせ》は軒提灯《のきちょうちん》に灯《ひ》を入れ、近くには屋台も出て酔客の姿も見られる。だがいまは、まるで木戸が閉まったあとのように静まり返り、堀割の瀬音がかえって不気味に聞こえる。

「だっちもねー」

左源太がまた口癖《くちぐせ》になっているお国詞《ことば》を吐いた。持って行き場のない、憤《いきどお》りをあらわす言葉である。

渡りきった。

「ここからですね、縄張は」

お甲がポツリと言った。東海道を新橋から南へ、田町《たまち》のあたりまでの広い一帯が、北町奉行所の定町廻り同心たる鬼頭龍之助の持場である。

（なにを毎日の、分かりきったことを）

お甲の言葉に、龍之助も左源太も思わなかった。

（俺の手で）

すなわち〝俺の縄張内《しまうち》〟で……。

「うむ」

歩を進めながら、龍之助は頷《うなず》いた。

新橋を渡り、芝口《しばぐち》、源助町といくつかの町並みを過ぎ、宇田川町《うだがわちょう》を超えれば、左源太やお甲が塒《ねぐら》を置いている神明町だ。海辺とは逆の西に向かって街道の枝道のように、神明宮の門前町の通りが口を開けている。入った。一丁半（およそ百五十米《メートル》）ばかりの道筋だが、普段ならこの時分、両脇に軒提灯が点々と灯り、人影も絶えないのだが、ここも街道とおなじで、日の入りとともに町の動きが終わっている。通りの正面に、普段なら他の灯りに埋没して見えない、常夜灯《じょうやとう》がわりの神明宮の御神灯《ごしんとう》がかすかに見える。

その手前の左手に、唯一軒提灯に灯りを入れ、暖簾もまだ出したままの料理屋がある。神明宮の石段下の、神明町では一等地に暖簾を張る割烹《かっぽう》の紅亭《べにてい》だ。お甲は普段ならこの紅亭で住込みの仲居《なかい》をしており、しかも他の仲居たちと違って奥の一室をもらっている。いつもならどの部屋も客で埋まっている時分だが、暖簾の前に立っただけで、中に客がほとんどいないことが分かる。

「帰りましたよー。これからまたお仕事だけど」

お甲が暖簾をくぐり、声を入れた。

「へーい」

奥から出てきたのは、紅亭の女将《おかみ》でも仲居でもなく、大松一家の若い衆だった。

三

奥の部屋に待っていたのは、夜の神明町を仕切る貸元《かしもと》・大松の弥五郎《やごろう》とその代貸《だいがし》の伊三次《いさんじ》だった。奉行からきょう一同寄合の触れがあったとき、それを受けて龍之助は左源太とお甲に、

「——大松の弥五郎と伊三次に、今宵、話があるからと伝えておけ」

言っていたのだ。龍之助が弥五郎や伊三次と会うときは、わざわざ場所を指定しなくても、石段下の紅亭と決まっている。部屋も決まっており、一番奥の座敷だ。龍之助と弥五郎たちがこの座敷に入るとき、女将は気を利かせて手前の部屋に客を入れな

い。盗み聞きされず、心置きなく話せるための配慮だ。だがきょうは、というよりもこの一、二カ月、そのような気遣いは無用となっている。夕暮れ時になっても部屋がすべて埋まることなどないのだ。

「相変わらずだなあ」

廊下の掛行灯《かけあんどん》の数もいつもより少なく、薄暗い。

「まあまあ、お待ちしておりました」

と、手燭《てしょく》を持って出てきた女将《おかみ》の声が唯一、明るかった。

「すまぬなあ、奉行所がだらしねえばかりに、こんな状態がいつまでもつづいて」

「いいえ。いい骨休みをさせてもらっております」

女将は龍之助の刀を預かりながら返した。口調は明るくとも、表情は冴えない。江戸中のすべてが、いまそうなっているのだ。

襖《ふすま》を開けると、

「旦那、待っていやしたぜ。お奉行はどんな話でしたい」

弥五郎と伊三次が腰を浮かせて迎えた。部屋の中は行灯二つで廊下より明るい。

「なあに。しっかりやれと、柳営で老中さんに檄《げき》を飛ばされたってことさ」

言いながら龍之助は腰を下ろし、左源太もお甲もそれにつづいた。この顔ぶれがそろったとき、部屋に上座も下座もなくなる。全員がご一統さんの車座《くるまざ》を組むのだ。

「――しゃちこばった座など、肩が凝っていけねえ。これがお互い、一番話しやすいんじゃねえのかい」

以前、恐縮する弥五郎や伊三次に龍之助は言ったものだった。奉行所同心といっても、さすがは無頼の一時期を持った〝話の分かる〟お役人で、弥五郎はそうした龍之助に惚れている。左源太やお甲がこの神明町に塒《ねぐら》を置いているのも、弥五郎がそれなりの便宜を図っているからで、二人とも神明町の暮らしを満喫している。

「つまり、役人ならしっかりしろ、と。あ、旦那、申しわけありやせん」

弥五郎は二つ名の〝大松〟とは逆に小柄で、坊主頭をポンと叩き、いつもはカッと見開き相手を見つめる目を細めた。

「あはは、いいってことよ。そのとおりだからなあ」

龍之助は笑って返し、

「そこでだ」

表情を引き締めた。

「夕の膳、遅れましたが、いまお持ちいたしましょうか」

「もうすこし待ってくれ」

廊下から女将の声が聞こえたのへ弥五郎は返し、

「さあ旦那、つづけてくだせえ」

「うむ」

龍之助は応じ、

「これはまだ左源太にもお甲にも話していなかったことだが」

「えっ、あっしにもお甲にも話してなかったことがありますので？」

「ある。これは大松の貸元にしかできないことだからなあ」

問いを入れた左源太を抑え、龍之助はふたたび視線を弥五郎に据えた。

「いままでは縄張《しま》のなかでだけで網を張って待ち構えていたが、これじゃ向こうさん次第で、いつまでたっても捕まえられねえ」

「そのとおりで」

相槌《あいづち》を入れたのは代貸の伊三次だった。目が細く、切れ者といった印象を人に与えている。弥五郎の手足となって実際に動いているのは、この伊三次なのだ。ならば、現状も伊三次が最もよく知っていることになる。伊三次はつづけた。

「巡回もよござんしょう。しかし、現場に出くわすのはよほど運がよくなければ」

「よさねえか、伊三次」

はっきり言うのを弥五郎は諌《いさ》めた。

「いや、そのとおりだ。そこでだ……」

龍之助は伊三次の言葉を受けるように、

「大松の衆に頼みがある」

これまでも大松一家は見まわりに人数を出している。龍之助が何を言い出すのか、部屋に緊張の糸が張られた。

龍之助は言った。

「いま、江戸中の灯が消えている。そこがつけ目だ。この神明町だけ、いつもの賑わいを演じてくれねえか。町の商舗《みせ》に呼びかけ日暮れてからも商いをつづけ、屋台にも出てもらい、それにだ、賭場《とば》も開きねえ」

「えぇ！　そりゃあ無茶だ。人が集まりゃあ、辻斬り野郎や槍突き野郎まで呼び込むことになりやすぜ」

「それが狙いよ」

弥五郎の言葉に龍之助は返した。

おびき出す算段であることを、一同はすぐに解した。だが、危険だ。弥五郎はさらに言った。

「二人同時に出て、いや、犯人は刀と槍が一人ずつとは限っていねえんでしょう。そんなのが三人も四人もいて、そのうち一人でも見逃し、遊びに来てくだすった堅気の衆に犠牲者でも出してみなせえ。あっしゃあ江戸中の同業の物笑いになりまさあ」

そのとおりだ。いずれの門前町も、土地《ところ》の貸元が治安を守っている。だから貸元たちは、その町で一家を構えておられるのだ。現に、繁華な門前町には、警戒が厳しく辻斬りも槍突きも出ていない。これまで出たのは、そこを離れた静かな場所だ。

「まあ、聞け。辻斬りは出ねえ。神明町へ遊びに来るのは町衆がほとんどだ」

「そういやあ」

辻斬りの襲っているのが武士ばかりであることは、噂としてながれている。出るとすれば、槍突きである。それに、龍之助には勝算があった。与力の平野準一郎とさきほどの左源太とお甲の言葉から、槍突きは武士に限らないとの確信を得たのだ。もう一つあった。三日前に赤坂の町家はずれで槍突きに遭ったお店者は、犯人は見ていなかったが、ある証言をしていた。

「――はい。もう必死で槍の柄をつかみましてございます。樫の木でなく、竹の感覚でございました。ちょうど、節の部分をつかんだような気がいたします」

奉行所の与力や同心には伝えられたが、噂としてはながれていない。隠したわけで

はない。諸人が知りたいのは、出没した場所と犠牲者の命、それに、

「犯人はいったいどんなやつ」

である。だが、機転の利く同心にはこの証言は重大な手証となる。もちろん龍之助はその一人だ。調べた。すぐに分かった。槍突きの出たところは、いずれも路地裏や空き地、広場の隅に竹藪《たけやぶ》がある所だった。推測した。槍術道場をいくら見張っても、長い槍を担いで町に出る者はいないはずだ。

(犯人め、ふところに槍身《やりみ》だけを隠し持ち、明るいうちに竹藪に入って手ごろなのを一本伐《き》りだしておき、暗くなるのを待ってそれを柄にしていたに違《ちげ》えねえ。帰りに竹を捨てりゃ、誰と会っても怪しまれねえし、どこへでも潜《もぐ》り込める)

その推測を、龍之助は披瀝した。一同は頷《うなず》き、

「あっ」

伊三次が声を上げ、さらに一同はその声に頷きを入れた。

神明宮の裏手が崖になっていて、狭い範囲だが竹の密生している箇所がある。神明町の住人などは、そこから物干し竿を伐り出したりしているのだ。さらに増上寺の境内が近くに広がっており、竹藪が塀の外にまではみ出て裏手の往還に覆いかぶさっている箇所もある。

それに確証はまだある。不意に現れて槍で人を突いてサッと逃げるなど、左源太やお甲のように、

(山家育《やまが》ちかあるいはそれに近い、動作の俊敏なやつ)

暗い街道を神明町へ来るまでのあいだに、龍之助は確信を強めていたのだ。

「左源太にお甲、おめえら手柄だぜ」

龍之助は言い、

「そんなのができるのなど、そうざらにはいねえ。槍突きは一人とみて間違えあるめえよ。伊三次」

「へえ」

「神明町での開帳、できるだけ広い範囲に触れてくれ。そやつが博打をやるやつなら、きっと引っかかるぜ。いいな、弥五郎。ともかくこの神明町に人が集まるようにしてくれ」

「へいっ、承知いたしやした」

弥五郎は返した。江戸中の灯が消えているなか、神明町が町に灯りを点けて槍突きを誘い寄せる……。

膳が運ばれた。その策を立てたからといって、見まわりは欠かせない。いつどこに

出るか分からない。まして手ごろな竹藪が近くにあるとなればなおさらだ。腹ごしらえが終わると、龍之助はお甲の部屋で黒い羽織を脱いで筋目の崩れた袴をつけ、浪人姿を扮《こしら》えた。お甲の部屋に、龍之助の変装用の衣装はおよそ揃っている。

この日も見まわりは不発に終わり、龍之助が八丁堀に帰ったのは、町々の木戸が閉まった夜四ツ（およそ午後十時）をすっかりまわった時分になっていた。龍之助だけではない。八丁堀の界隈に入ると、朋輩の提灯がチラチラと揺れていた。いずれも今宵の成果なく戻ってきたようだ。

互いに〝ご苦労さん〟の声をかけあい、あしたもまたおなじ見まわりをつづけることだろう。土地の無頼と組み、おびき出しの策をまとめてきたのなど、ほかにはいまい。龍之助なればこそできる芸当なのだ。

四

翌朝また奉行所に出仕し、陽がかたむきかけたころにそれぞれの持場へ見まわりに出る。正月をはさみ、定町廻り同心には苛酷な日々がつづいている。岡っ引が迎えに来て早めに出かけたのは、おそらく昼間の聞き込みであろう。事態は奉行所の威信どころか、柳営を握ったばかりの松平定信の今後をも脅《おびや》かしかねないのだ。

午《ひる》をいくらかまわった時分だった。宇田川町の甲州屋の手代が龍之助に、

「さきほど中間《ちゅうげん》の岩太《いわた》さんが使番《つかいばん》に来られ、これより鬼頭さまに手前どものほうへお越し願いたい、と」

伝えに来た。奉行所の正門脇の同心詰所だ。きのう夕刻近くにはここで定町廻り同心の下男や岡っ引たちがあるじの出てくるのを待ち、中に入りきれず外にも溢れていた。昼間でも用事で来て、呼んだ同心や与力の配下が出てくるのを待っている者もいる。さすがに甲州屋の手代で、他人の耳のあるところでは用件を告げるにも気を配った。店の名も誰が龍之助に面談を求めているかも出さず、名を出したのは〝中間の岩太〟だけだった。だがこれだけで、龍之助には分かる。

「いますぐですか。では、参ろう」

言いながら、龍之助は苦笑した。手代の機転に対してではない。相手は老中の白河藩松平家の足軽大番頭《あしがるおおばんかしら》・加勢充次郎《かせみつじろう》だ。場所が龍之介にも至便な甲州屋なのはこれまでどおりだが、以前なら事前につなぎを取って都合を問い合わせていたものだ。だがいまでは、いきなりの呼び出しだ。これもあるじの松平定信が老中となり、かつ将軍補佐となったせいであろうか。

龍之助は甲州屋の手代に、神明町の左源太にも来るように連絡を依頼し、

「俺もちょいと持場を微行《びこう》してくる」

朋輩に声をかけ、北町奉行所を出た。

昼間の街道はやはり活気がある。龍之助が粋な小銀杏《こいちょう》の髷《まげ》に着流しで黒い羽織をつけ、雪駄《せった》でシャッ、シャッ、シャッと音をたて街道をながしていると、往来人は道を開け、

「これは旦那、ご苦労さまです」

茶店などからは、あるじが出てきて揉み手をしながら、

「またお寄りになってくださいまし」

声がかかる。だが、いまは違う。顔見知りの者は、

「夜の見まわりもよろしゅうお願いいたします」

「まだ物騒な輩《やから》、捕まりませんか」

催促してくる。

見知らぬ者は道を開けるが、龍之助の顔をジロリと見る。一様にその表情と視線が険しい。

（昼間っからこんなとこ、ブラブラしてていいのかい）

（ホントに頼りになるのかしら）

内心に思い、あるいは数人が立ちどまってうしろ姿を見ながらヒソヒソ話をしているのが、痛いほどに感じられる。

(見ておれ。俺の手で)

龍之助は心に念じ、下駄や大八車の車輪の音がけたたましく響く新橋を渡った。そこはもう縄張内だ。

雪駄の音を進め、甲州屋のある宇田川町に入った。甲州屋は松平家の御用達《ごようたし》で、他の大名家にも出入りしている大店《おおだな》だが、街道おもてに暖簾を張っているのではない。献残屋《けんざんや》の性質から、枝道を入りさらに脇道に曲がったところに質素な玄関を構え、暖簾も屋号を小さく染めた地味なもので、玄関前を通っただけでは何を扱っている商舗か分からない。だが、これもまた献残屋の性質からだが奥行きが広く、裏手には倉や土蔵が建っている。ともかくおもてからは、目立たない店構えなのだ。そこがまた、松平家足軽大番頭の加勢充次郎が北町奉行所同心の鬼頭龍之助と会うとき、いつも甲州屋を使う理由でもある。

角を曲がると、

「あ、鬼頭さま。待っておりました」

甲州屋の暖簾の前に、紺看板《こんかんばん》に梵天帯《ぼんてんおび》の岩太が立っていた。加勢が龍之助と会うとき、いつもお供は中間の岩太一人なのだ。岩太は龍之助や左源太と昵懇《じっこん》であるだけでなく、供を限定しておればそれだけ屋敷内でも秘密が保たれる。

岩太の声に、暖簾の中から手代が走り出てきた。左源太はまだ来ていないようだ。

「左源の兄イは一緒じゃなかったので？」

「あゝ、あとで来る」

「はい。ちゃんと伝えましたから」

岩太と龍之助の会話に、手代が応《こた》えた。岩太は加勢のお供で外に出たとき、左源太に会えるのが楽しみのようだ。そこを龍之助はうまく心得ている。加勢と話すのは用件のみだが、そのあいだ岩太は別間で待っている。そこに左源太が来れば、龍之助が加勢から聞けなかった松平屋敷内の生《なま》のようすが聞けるのだ。

裏庭に面した奥の部屋だ。あるじの甲州屋右左次郎《うさじろう》は、龍之助を奥の部屋に案内するとすぐに退散する。加勢と龍之助が面談するとき、甲州屋ではいつも両隣の部屋は空けておき、二人が心置きなく話ができる環境をつくっている。

端座している加勢の前に龍之助も端座するなり、

「町のようすは、去年よりお聞きでござろう。かねてご依頼の件にまで手がまわらぬのが実情でござる」

「いや、きょうはそのことで参ったのではござらぬ。つまり、いまの実情の、そのことでござるよ」

「それならわれら同心、手を尽くしているのだが、まだ成果が上げられず……」

二人が話すとき、時候の挨拶《あいさつ》などいらない。単刀直入に用件へ入るのが常となっている。加勢の話は意外だった。

「いやいや。奉行所が精一杯動いておいでのことは、よう知っておりもうす。その辻斬りと槍突きだが、わが殿におかれては、殺さず生け捕りにし、素性を確かめることを所望《しょもう》しておいでのう」

龍之助はハッとした。もちろん、表情には出さない。

松平定信もいまの辻斬りと槍突きには、龍之助とおなじ見方をし、おなじことを考えていたことになる。

(ならば、なんとしても俺の手で)

焦《あせ》りまで覚えてくる。

加勢はつづけた。

「そこでどうじゃろ。当屋敷からも幸橋《さいわいばし》御門と山下《やました》御門の付近には、人数を出して警戒にあたっておるのじゃが」

それは龍之助もとっくに気づいている。外濠《そとぼり》城内の松平屋敷から城外の町家へ出るには、宇田川町や神明宮、増上寺方面なら幸橋御門で、京橋や日本橋方面なら山下御門である。当然、松平家の家士が町家に出て、夕刻にほろ酔い機嫌で屋敷に戻るとすれば、この二つの城門のいずれかを通る。門が閉じられてからでも、藩主が老中である家士なら、番卒に〝公用の段にて〟と脇の耳門《くぐりもん》を開けさせることは容易だ。当然、藩主の定信は家士に厳重注意を下知《げじ》しているが、実際に公用で帰りが夜更けてからになる場合もあるのだ。

幸橋御門は出てからも武家地がつづいているが、その地は龍之助が定町廻りの持場とする町家に隣接している。夜更けてから浪人姿で左源太とお甲を連れ、近くを見まわったとき、弓張提灯をかざし六尺棒を小脇にした五、六人の一群を見かけたことがある。差配しているのは加勢の配下で足軽組頭《くみがしら》の倉石俊造《くらいししゅんぞう》だった。倉石らは、すぐ近くに龍之助たちが潜んでいたのに気づかなかったようだ。

「四日前に出たのは……」

「四ツ谷御門と赤坂御門でござった」

「そこじゃ。いまのところ、幸橋にも山下にも出る気配はなさそうじゃが」

当然だ。あからさまな警備であって、探索のための忍びではない。あの状況では、たとえ犯人が近くまで来ても、犯行に及ばずサッサと引き揚げるだろう。

　加勢はつづけた。

「考えてみれば、警戒は厳にしても捕縛する態勢ではなかった。それでは、わが殿のご意志に反する。生け捕って素性を確かめよとのことだからのう。そこでじゃ、捕縛となれば、残念ながらわれらよりそなたら町方のほうが手馴れてござろう」

「無論」

「ほう、頼もしいお言葉じゃ。なれど、当家の足軽と町方がおなじ差配で動くことはできぬでのう」

「ごもっとも」

「幸橋のほうを差配させておるのは、ほれ、おぬしも存じ寄りの組頭の倉石俊造じゃ。どうじゃろ、倉石と逢《お》うて、犯人生け捕りの策を立ててもらえんじゃろか。まず幸橋のほうで態勢をととのえ、それを山下のほうにも範としたい。ともかくわしは、殿のご意志に沿いたいのじゃ。むろん、こと成就には、奉行所でそなたの手柄ともなるよう算段いたす。ちと内密じゃが、このことは当家家老の犬垣伝左衛門《いぬがきでんざえもん》さまも承知しておいでのことゆえ、間違いはない。どうじゃろのう、鬼頭どの」

　信用できる。松平家が秘かな探索を同心の鬼頭龍之助に依頼している件も、足軽大番頭の加勢充次郎から江戸次席家老の犬垣伝左衛門に上がり、さらに松平定信にも達し、〝殿の承知〟を得ていることなのだ。

「そのお申し出、おもしろうござる」

「ほう。承知していただけるか」

「当方にとっても人数がたらず、ために八日には同時に二カ所と、裏をかかれてしまいもうした。倉石どのが足軽衆を率い、幸橋御門のあたりを巡回されているのは心強い限りでござる。したが、ご当家にとって警戒の必要なのは、辻斬りのほうと推察いたす。辻斬りは槍突きと違《ちご》うて、狙っているのが武士ばかりのようだから」

「うむ」

加勢は頷いた。龍之助はさらに押した。

「それがし、いま槍突きのほうに、まだ明確ではござらぬが町衆の合力《ごうりき》を得て、生け捕る算段を進めておりましてなあ」

〝敵〟にある程度〝策〟を洩らすのも効果的であることを、龍之助は心得ている。

「ほう」

加勢は端座のまま身を乗り出した。

「それゆえ、いましばらくお待ち願いたい。槍突き犯の捕縛がうまくいったなら、その策がまた辻斬り犯人捕縛の範となりましょう。少なくとも、いまの態勢をつづけておれば、幸橋御門と山下御門の近辺は安全でありましょうゆえ」

「うむ」

ふたたび承知の頷きだった。

この場でかわら版の取締まりの話は出なかった。それはあくまで奉行所の役務であって、裏話である加勢充次郎と鬼頭龍之助のあいだには関係のないことなのだ。

帰り、加勢が甲州屋の暖簾を出てから、いくらか間を取って龍之助は腰を上げた。

「へへ、旦那。岩の野郎と、またじっくり話せやしたぜ」

左源太が玄関の板敷きの間で、丁稚たちと話しながら待っていた。甲州屋では、やはり左源太は龍之助を〝兄イ〟ではなく〝旦那〟と呼んでいる。

暖簾を出るとき、玄関まで見送ったあるじの右左次郎が、

「鬼頭さま。加勢さまからまた鬼頭さまへ、なにか木箱に入ったものをと役中頼みのご注文を受けましてございますよ。お楽しみに」

「うむ」

龍之助は頷いた。贈り手も受け取り手も常連なら、手ごろな品の相談だけを受け、献残屋から直接届けるようになっている。老中の松平家と八丁堀の鬼頭家、仲に立つ

甲州屋とは、すでにそうした筋道ができ上がっている。

陽はかなり西の空に入っている。

「どうだ。岩太はなにか言っておったか」

黒羽織に二本差しの龍之助と、半纏を三尺帯で決めた職人姿の左源太が肩をならべて歩いている。

「言ってやした、言ってやした。松平屋敷じゃ、お武家から中間にいたるまで、決して一人で町家に出てはならぬ、と。出るなら必ず二人以上で、腰元の外出《そとで》には足軽二名が必ずつくことなどとね、お達しが出たとか」

「ほう、やはり辻斬りには目串をつけているようだな」

「そのようで」

「で、おめえのほうから岩太になにか話してやったかい」

「へへ。槍突きは、うちの旦那が取り押さえるかもしれねえってね」

いまごろ大番頭主従は幸橋御門のあたりか、

『鬼頭さまが近々、槍突き犯を挙げなさるかもしれないそうで』

岩太は加勢に話しているだろう。加勢は、甲州屋の奥座敷で聞いた鬼頭龍之助の言葉に偽りのないことを確信し、屋敷に戻るなり、

『脈はありました』

次席家老の犬垣伝左衛門に報告することだろう。

龍之助と左源太の足は神明町に入った。

「これで当面、辻斬りが幸橋と山下に出ることはあるまい」

「そのようで」

いくらか安堵を含んだ龍之助の言葉に、左源太は頷いた。当面、

(辻斬り犯が松平家の手に落ちることはない)

ということである。

「だが、急がねばのう」

「へい」

二人の足は速まった。

五

またきのうの顔ぶれが集まった。場所は紅亭でも石段下の割烹ではなく、茶店の紅亭だ。石段下から延びる門前町の通りが東海道に行き当たった角に、〝茶店本舗《ほんぽ》 紅

亭　氏子中〟と大きく染め抜いた幟《のぼり》が出ている。街道から神明宮へお参りに来る者にはそれが目印になっている。割烹の紅亭とともに、神明宮の門前町を代表する商舗といってもよい。出すものはお茶に食べ物なら団子か煎餅《せんべい》くらいだが、参詣人には重宝なお休み処となっている。

おもてに縁台を出し、暖簾を入れれば板敷きの入れ込みの広間となって、客の数によっていくつかに仕切れるように衝立《ついたて》が用意され、廊下になった土間は奥に延び、そこに数人の仲間同士や家族連れなどがくつろげる畳の部屋がならんでいる。料亭と違って襖《ふすま》はなく、隣との仕切りも土間からの出入りもすべて板戸で、きわめて質素で馬子や駕籠舁き人足でも、ちょいと割り増し料金を払えば上がれそうなつくりだ。

その一番奥の部屋だ。そこを龍之助が詰所のように使うときには、店を預かっている老爺《おやじ》が気を利かし、手前の部屋を空き部屋にする。いまもそうしている。

部屋には大松の弥五郎と伊三次、それにお甲が先に来て待っていた。出されているのはお茶と煎餅だけの質素なものだった。龍之助と左源太が座につくのとほとんど同時に茶汲み女が二人分のお茶を盆に載せて持ってきた。茶汲み女たちはいずれも近所の娘たちで、気心の知れたのばかりだ。

「ならば親分さんも旦那もごゆっくり」

言いながら板戸を閉めると、

「結局、幸橋のお屋敷は自分の近辺だけが大事で、屋敷からも人を出しているから、よく見張っておけって、それだけだ」

お茶をグイと飲んだ龍之助に、

「お江戸が将軍さまのお膝元なら、幸橋と山下はてめえんとこの膝元ってえことですかい」

「へへ。そういう感じでさ」

伊三次が言ったのへ左源太がつないだ。大松一家の者は、龍之助と松平屋敷の関わりを、単に屋敷が龍之助にいつも役中頼みをし、それがいくらか多いだけとくらいにしか看《み》ていない。大名家で町方の与力や同心に役中頼みと称して金品を贈っているのは、ごく通常のことだ。藩の者が町中《まちなか》で問題を起こしたなら、そのときはよろしくという意味だ。

だがそれを老中の屋敷からもらい、さらに他よりも過分にとは、

「――大《て》し《え》たもんでござんすねえ」

大松の若い衆たちは言っている。そのたびに龍之助は、

「――なあに、おめえらの合力があるからさ」

と、返している。松平家から出る役中頼みのいくらかは、大松一家にも還元されている。本来なら門前町で無頼を張るほうから、定町廻りの同心に「旦那。なにぶんよろしく」と袖の下を忍ばせるものだが、神明町ではようすが異なる。龍之助に詰所を提供し、かつ一家を挙げて合力することでそれに代えている。持ちつ持たれつなどといった、ありきたりの利害関係ではない。相互信頼の絆《きずな》で結ばれているのだ。

「それよりも鬼頭の旦那」

大松の弥五郎がきょうの本題に触れた。

「さっそく今宵からでやすが、なんとか行けそうですぜ。その代わりと言っちゃなんですが、旦那にも黒羽織のその形《なり》で左源太どんを随え、通りを何度も歩いてもらわねばなりやせん」

いまはまだ昼間である。茶店の部屋の壁一枚向こうは神明町の通りで、参詣人のにぎわいが伝わってくる。櫺子窓《れんじまど》から、そのようすが直接見える。だが、日の入りと同時に街道おもての茶店紅亭は暖簾を下げ、〝氏子中〟の幟もしまい込む。それと入れ代わるように石段下の割烹紅亭が軒提灯に火を入れる。それが合図かのように、通りの客筋は一変する。通りから参詣客は消え、代わって遊び客が出はじめ、やがて軒行灯や提灯に照らされた脇道や路地に嬌声が聞こえ、脂粉の香までただよいはじめる。

ところがいまは、割烹の紅亭が灯りを点けても賑わいは途絶えるのだ。

「——ともかくどの店も屋台の父《とっ》つぁんも、灯りは出してくだせえ。なあに、辻斬りや槍突きなど寄せつけませんや。わしらがくまなく警戒し、それだけじゃありやせん。八丁堀の旦那も、夜遅くまでこの町に出張ってきてくれることになってまさあ」

言いながら大松の弥五郎が若い衆を連れて一軒一軒まわり、説得をくり返したのだ。それにこの茶店紅亭も、陽が落ちてからも暖簾は下げず、灯りを煌々と点《つ》けて街道からも目立つようにするという。さらに若い衆が近辺の町々に、

「神明町に遊びに来てくだせえ。無事はあっしらが命に代えても守りまさあ」

いまも触れてまわっており、

「あしたは地まわりの範囲をもっと広げまさあね」

弥五郎は龍之助に言った。

「ありがたい。俺のほうでもな、その用意はしておる。日暮れ前には組屋敷《うち》の茂市が挟箱を担いでここへ来る」

定廻りのかたちで町内を何度もめぐるというのだ。役人が出張れば遊び客はかえって警戒し、にぎわいに水を差すことになるが、いまは逆である。諸人に安心感を与える。ともかく、江戸中でここだけににぎわいを取り戻すのだ。

「盆茣蓙《ぼんござ》の開帳はどうなっている」

「へい」

伊三次が応じた。常連客に、しばらく閉じていた賭場を今宵から毎夜開帳すると触れを出し、遠くの町の貸元衆にも伝えたという。神明町の賭場には、名うての女壺振りの出るのが、江戸中の貸元衆からは垂涎《すいぜん》の的になっている。お甲のことだ。

「――どうやらあの姐さん、お上の動きに通じているようだ」

貸元衆のあいだで秘かにささやかれている。お甲が招かれて壺を振っているとき、そこが手入れを受けたことは一度もないのだ。役人の手入れよりも、

『こんなときに大丈夫か』

あちこちの貸元衆がようすを見に来るかもしれない。

それは同時に、あちこちの博打《ばくち》好きに、

『芝の神明町に行けば』

との噂がながれることにもなる。槍突き犯人が博打好きなら、噂はきっと耳に入るだろう。

大松の弥五郎は表情を引き締めている。賭場へ遊びに来た客はむろん、神明町へ呑みに来た町衆にも、もしものことがあれば面目は丸つぶれになる。

「旦那。よろしゅう頼みやすぜ」

弥五郎は龍之助に視線を向け、

「うむ」

頷いた龍之助はお甲に、

「頼むぞ」

「はいな」

お甲も頷きを返した。賭場で、客のなかにそれらしいのはいないか、壺を振りながら找《さが》そうというのだ。

「――なあに、そいつが山で猪や鹿に槍を向けていた者なら、臭いで分かりまさあ」

左源太は言っていた。

この策を練ったとき、左源太とお甲の判断を取り入れた。そこに、この策は成り立っているのだ。猟師は仕留めた獲物の肉や毛皮を、町場へ売りに出る。買い手は鹿肉や猪の肉を売ったり食べさせたりするもいんじ屋と敷物屋だ。

「――江戸へ売りに出てきたときサ、けっこうなお宝をふところにしまさあ。そこでつい賭場や女郎屋にフラフラッと。それだけじゃありやせん。お江戸じゃ宿場町には見られないような、きれいに着飾った女や男がうようよいまさあ。いまは甲州にも上州にも、まだ飢饉がつづいてまさあね。そこに見るのは、襤褸《ぼろ》をまとって痩せ衰えた村の衆や餓死した人らの姿じゃござんせんかい。お江戸の町をシャナリシャナリと歩いているやつらが、まあ、その、なにもかもが憎たらしくなってきても不思議はありやせんや」

左源太はまるで思い出すように語ったものだ。それだけではない。

「——山でね、命がけで猪や鹿を相手にしていりゃあ、自分にも動物みてえな勘が宿るってえもんでさあ。それがけっこう、博打にも役立ちやしてね。そのまま木賃宿に住み着いて賭場通い。負けはしやせん。悪くても五分と五分……」

「——うん、うん」

お甲もしきりに頷いていた。

そこで龍之助は、この策に思い至ったのだ。

外はまだ明るいが陽はかなりかたむき、街道の動きがあわただしくなっている。

「鬼頭さまのお屋敷のお人が」

茶汲み女が板戸の外から声を入れた。茂市が来たようだ。茂市もいまでは、すっかり無頼の弥五郎や伊三次らと顔なじみになっている。

一息入れてから、

「さあて、行くか」

一同は外に出た。陽が落ちたところだ。茶店に灯りが入った。

「あ、旦那。大丈夫なんでしょうねえ。頼みますぜ」

街道から神明町に入った、茶店紅亭の軒端《のきば》にいつも台を出している占い信兵衛《しんべえ》が椅子から腰を上げ、龍之助に声をかけた。白髪まじりの総髪に白い髭《ひげ》がそれらしく見せている。左源太とおなじ長屋の住人で、白いものは全部つくり物で、実際にはまだ四十にもなっていない。いつも日の入りとともに台をかたづけ、長屋に帰るのだが、

「――おい、信兵衛。きょうからしばらく日暮れてからも店を出しておけ。それも派手に客を呼び込むのだ」

大松の弥五郎に言われたのだ。

「大丈夫だ、父つぁん。大船に乗った気でいねえ。鬼頭の旦那がついていなさらあ」

「はい、おじさん。これを使ってくださいな」

左源太が返したのへ、間合いよく茶汲み女が蠟燭《ろうそく》立てを持ってきた。通りもこれから急速に暗くなる。

「そういうことだ。さ、派手にお客を呼び込め」

「へえ……。さ、そこのお方、看《み》て進ぜましょう」

龍之助からも言われ、参詣の帰りか、ちょうど通りかかった往来人に年寄りじみた声をかけた。声音《こわね》を変えるのも占い信兵衛の特技で、なかなか器用な男だ。

　大松一家の呼びかけが効いたのか、きのうまでは日の入りとともに潮が退くように神明町の通りからも人影が消えていたのが、きょうはまばらだが人影が残っている。それもしだいに増え、脇道や路地の飲食の店にも人が入りはじめた。

　賭場は神明町の通りから脇道に入り、さらにもう一度曲がった、おもてからは分かりにくいもみじ屋という小料理屋で開帳している。間口は狭いが奥行きがけっこうあって部屋数もそろっている。裏手からも出入りができ、賭場を開帳するにはちょうどいい造作になっている。

　やはり来ている。隣町の増上寺門前からも、さらに街道筋の町々や赤坂のほうからも、貸元や代貸がようすを見るように、

「大松の。よく開いてくれたぜ。町の見まわりは大丈夫だろうなあ。さっき、通りで八丁堀を見かけたが」

「だから大丈夫だってことよ、あの旦那はなあ」

　声をかけてくる貸元に、大松の弥五郎は応えていた。

　壺を振るのはお甲だ。女だからといって片肌を脱いでみせたり、裾を割って男ども

の視線を引きつけたりはしない。着物はきちりと着込み、腕まくりもしない。お甲が美形であれば、かえってそのほうが色香が立つのだ。しかも、餡入《あんい》りなどという鉛を仕込んだ賽《さい》を使ったりはしない。手さばき一つで、百発百中とまではいかないが、七割か八割までは思ったとおりの目を出す。その確率は、餡入りの賽を使ったときに等しい。それを伊三次の合図で丁半を出し分ける。だから大松の弥五郎が仕切る神明町の賭場では、大勝ちをしたり大負けをする客はいない。いずれもほどほどに勝ち、ほどほどに負けるのだ。

どの客も、お甲という女壺振りの手さばきに、固唾《かたず》を飲んで見入っている。

「――手さばきだけじゃありませんよ。一回振るたびに神経を集中し、全身運動になりますのさ」

お甲は一度、龍之助に言ったことがある。そこが他の壺振りが真似のできないところであろう。

一日目が無事なら客は二日目につづき、賭場も飲み屋も料亭も客が入りはじめ、脇道や路地に脂粉の香がたち嬌声も聞こえはじめた。街道おもての茶店紅亭も夜更けまで灯りを消さず、占い信兵衛も、

「さあさ今宵の運、看て進ぜよう」

年寄りの声を上げ、実際に実入りもけっこうあった。

龍之助は左源太と茂市をともない、これ見よがしの巡回をつづけた。

四日目だった。陽が落ち、まだいくらか明るさが残っている時分だった。

占い信兵衛は、その身なりを見て声はかけなかった。が、目と目が合った。男は占いに興味を持ったか時間つぶしか、近寄ってきて、

「看てもらおうか」

台の前に立った。薄汚れた袷《あわせ》の着物に帯も細く、髷の形は残っているが月代《さかやき》が不精に伸びている。浮浪者ほどではないが、いかにも木賃宿にとぐろを巻き人別帳に記載もない男といった風情だ。それでも台の前に立てば客だ。

「うーむ」

信兵衛は天眼鏡をかざし、顔相から手相を順に看て、

「そなた、着実に世を歩む気を失えば、運気は崖っぷちの危うさとなろう」

男の風貌に、信兵衛は思ったとおりを言った。目つきが鋭く、身なりに反して動作は敏捷そうに見える。おなじ長屋の左源太と、似たものを感じ取ったのだ。

男は言われた見料を台の上に投げ置くと、

「だっちもねー」

呟《つぶや》き、神明町の通りへ歩を進めた。ちょうどまた、紅亭の茶汲み女が蠟燭立てを持ってきたところだった。男の呟きを聞いた。

「まっ」

信兵衛と顔を見合わせ、店に走り戻った。左源太の口癖だった言葉だ。それに、さきほどの風貌だ。

「——怪しいと思った者を見かけたら、鬼頭の旦那にすぐ知らせるのだ」

女たちも弥五郎から言われている。その鬼頭龍之助はいま、左源太と茂市と一緒に茶店の奥の部屋にいる。そろそろ見まわりに出ようとしていたところだ。

「鬼頭さま！　いま、だっちもないお人が！」

「なに！」

左源太がすぐ走り出た。もう見えない。だが占い信兵衛が、男の入って行った脇道を見ていた。賭場のもみじ屋への道だ。

賭場はむさくるしい格好の者でも、すんなり受け入れている。

男は盆茣蓙に座を取った。

（あっ）

お甲は緊張した。感じるものがあったのだ。左源太は客になって盆茣蓙に加わり、龍之助は弥五郎に町の警戒を解かせた。もしその者が槍突き犯だったなら、

「この町にナ、異様さを感じさせないためだ」

龍之助は言ったのだ。あちらの角、こちらの路地にと立っていた大松の若い衆の姿は消えた。町ぐるみの態勢である。

四隅に百目《ひやくめ》蠟燭《ろうそく》が立てられた部屋の中は、客たちの緊張感がただよっている。人によっては一攫千金もさりながら、この雰囲気がたまらないのだ。

（ある程度、勝たせてやれ）

弥五郎は盆に出ている伊三次に伝えた。伊三次はさりげなくお甲に合図を送った。

お甲は左手に壺を、右手の指に賽を二つ挟んだまま頷いた。一瞬ながれのとまったあと、

「入ります」

お甲の声と同時に二つの賽が空《くう》に浮き、壺に吸い込まれる。

盆はつづいた。

さほどの起伏もなく、男はいくらか勝ち、

「それじゃこれで失礼させていただきやす」

博打の帰りにはまだ早い時刻だ。男は遊びに来たというより、ようすを見に来たのかもしれない。

別間で弥五郎が龍之助に、

「どうしやす。あとを尾けさせやしょうかい」

「いや。かえって怪しまれちゃいけねえ。すんなり帰してやれ」

「いいんですかい？　やつ、臭いやすがねえ」

「だからだ。あしたも、きっと来る」

龍之助は言った。

六

来た。

神明宮の裏手からだった。

街道おもての茶店紅亭に、龍之助と左源太、お甲がそろっている。茂市はいない。

「――これまで挟箱持、ご苦労だったなあ。きょうからはもういいぞ」

八丁堀の組屋敷を出るとき、龍之助は言ったのだ。神明町で連日夜まわりにつき添い、深夜に八丁堀まで帰るのなど茂市にはかなりきつい仕事だった。

「——さようですかい。助かりまさあ」

言いながら茂市は大きく手足を伸ばし、ウメもかたわらでホッとした顔を見せたものだ。

街道を行く人の影は長く、間もなく陽が沈もうかといった時分だ。おもてに出した縁台に、お店《たな》のあるじ風が丁稚を供に腰を下ろし、茶を飲んでいる。丁稚はその横でさも嬉しそうに団子にぱくついている。丁稚にとってはあるじについて外出したとき、こういう余禄のあるのがたまらなく嬉しいのだろう。

大松の若い衆がその脇を、

「おっとっと」

暖簾の中に飛び込んできた。

「旦那！　来やした。しかも、こっちへ」

言いながら奥の板戸を開けた。

「こら！」

龍之助は叱声を吐き、

「しーっ」

「へい。申しわけありやせん」

若い衆はおとなしくなり、部屋に入るとソッとうしろ手で板戸を閉めた。

男の来た方向を聞けば、どこをまわってきたか察しはつく。増上寺や神明宮の裏手の竹藪の位置を確認したはずだ。それが神明町の通りを、帰り支度の参詣人に混じってゆっくりこちらへ向かっているという。

「自然のままに」

龍之助は若い衆に言い、左源太とお甲が櫺子窓《れんじまど》のすき間から神明町の通りに視線をながした。

「やつだ。間違えねえ」

「そお、あの形《なり》もきのうとおなじ」

左源太とお甲が低い声を畳に這わせた。

「おや、この前のお人。きょうもおいでかね。どうじゃな、つづきを看ようかの」

占い信兵衛が声をかけた。茶店紅亭の軒端で、部屋の櫺子窓のすぐ横だ。男は無視し、街道に出た。そこには茶店紅亭の縁台がある。櫺子窓からは死角になって見えないが、おもての縁台に座を取ったようだ。

左源太がソッと廊下に首を出した。

座っている。お茶と団子を一皿注文したようだ。

左源太もお甲も、それに飛び込んできた大松の若い衆も頷いた。これから博打をやろうというとき、腹が一杯では勘が鈍る。空腹にならない程度に、軽く入れておくのが最適の状態となる。酒もよくない。お茶に団子一皿くらいが、

「一番いいんですよ」

お甲が声を低めたのへ、左源太と若い衆がニタリと頷いた。博打も刀も槍も、精神をととのえるときの腹具合には共通点があるようだ。

（よし）

龍之助は、まだいくらか残っていた疑念を払拭した。

間合いを見計らい、

「行け、お甲」

「はい」

お甲は廊下に出た。若い衆の来ているのがちょうどよかった。いでたちも遊び人風だ。迎えのように先へ立ち、

「さ、姐さん。こちらへ」

外に出た。お甲がつづく。縁台にはさきほどのお店《たな》のあるじ風と丁稚がまだ座って

いる。男の縁台とのあいだを、

「へい。失礼さんにござんす」

腰を折り、通った。うしろにつづくお甲が、

「あら、そちらさん。このあいだの……」

「あっ。あんた」

「きょうもお待ちしております」

「あゝ」

「姐さん、早く」

「はい、はい」

縁台の前で町駕籠が大八車とすれ違い、神明町の通りへ入って行った。遊び客であろう。いずれかの飲み屋に入り、それから賭場に行くのかもしれない。男の目は、おなじ神明町の通りへ入ったお甲よりも、町駕籠のほうに向けられていたようだ。

廊下に首を出していた左源太が、

「兄イ。感じやしたぜ」

言いながら首を引っこめ、

「野郎、座ったままでやしたが、さっきの駕籠に飛びかかりそうな気合いが一瞬、肩

にも腰にも走ったようでしたぜ」

「うむ」

龍之助は頷いた。

お店者風は立ち、男はまだ座っている。一日の終わりを告げる街道の動きを見つめながら、心を落ち着けるようにまだ串団子をゆっくりと食べている。

「旦那、旦那」

占い信兵衛が櫺子窓のすき間から声を入れた。龍之助が窓に近づき、

「おう、信兵衛。さっきお甲からの言付《ことづ》けは」

「へえ。確かに……と。いいんですかい、これだけで」

「ふむ。ご苦労だった」

「あ、そこのお嬢さまがた。あすの運勢、看て進ぜよう」

「あらら。あたしたち、お嬢さま？」

「ウフフ。嬉しいねえ」

営業用の年寄りじみた声に、商家のご新造風の三人連れが下駄の音とともに応えているのが聞こえる。参詣の帰りのようだ。このあと神明町の通りに、酌婦やたすきがけの仲居たちを除けば、往来人は遊び風体の男ばかりとなる。

「もう、間違いないな」

「そのようで」

部屋の中に緊張が走った。お甲は部屋で打ち合わせたとおり、縁台のあいだを抜けるとき、座っている男のふところを上から素早くのぞき見たのだ。

「――つまずいて倒れこんだふりをし、腹のあたりを探ってみましょうか」

「――よせ。怪しまれてはならん。あくまで自然に」

部屋を出るときお甲が言ったのへ、龍之助は注意を与えていた。

はだけたふところは、上からなら見えやすい。お甲が言った〝確かに〟とは、

「形状は匕首《あいくち》か、そうでなければ槍身……」

が〝確かに入っている〟との意味なのだ。

龍之助と左源太は頷きあった。

(もう間違いない)

部屋には緊張が走る。槍身など、古道具屋を数軒まわれば手に入る。

急に櫺子窓の外が暗くなった。陽が沈んだようだ。

、、、
もみじ屋には大松の弥五郎と伊三次が詰めている。盆茣蓙ではすでにお甲が壺を振

っている。

「そうかい。あの野郎がなあ」

「申しわけねえんでござんすが、捕物には手出し無用と、鬼頭の旦那が……」

別間である。弥五郎に左源太が言いにくそうに話し、

「旦那がそうおっしゃるんなら仕方ねえ。だが、伊三次」

「へい。石段下と街道おもてに、人数だけは置いておきやす」

「心強えです」

左源太は弥五郎と伊三次にぴょこりと頭を下げた。近くの部屋から、

「丁半、どっちもどっちも」

「五《ぐ》・二《に》の半」

「おーっ」

断片的に盆茣蓙の声と客たちのどよめきが聞こえてくる。

「どちらさんもごめんなすって」

と、むさ苦しい身なりの男が座を立ったのは、初日とおなじ時分だった。このときも、男はいくらか勝っている。奇妙なことを言った。

「勝ち逃げじゃありません。ちょいと中座です。あとでまた戻ってきて、きょうは朝

までつき合わせてもらいます」

「ほう、待ってますよ」

　客のなかから声が出た。

　男の〝中座〟したあと、盆茣蓙は中休みに入った。壺振りがお甲から他の者に交代するためだ。事態は動いている。

　職人姿の左源太がソッと男のあとにつきもみじ屋を出た。あとを尾《つ》けるには、左源太は絶対有利だ。男がこの土地に不案内なのに対し、左源太はどの路地を入ればどこへ出るかなど、一帯のすみずみまで熟知している。まして夜だ。

　お甲と伊三次も、一歩間合いを取って裏手から出るとすぐ、

「それじゃお甲さん」

「はい。よろしゅう」

　闇のなかで右と左に分かれた。伊三次は大松の若い衆を石段下と街道おもての紅亭に配置し、差配するためだ。

　お甲はすぐ神明宮の通りに出た。両脇に軒提灯や行灯の灯りがあり、酔客もチラホラと歩いている。石段下の割烹紅亭に急いだ。

「あ、やはり」

左源太のうしろ姿が見えた。石段下から、神明宮裏手への脇道に入った。その先に灯りはほとんどない。竹藪に向かったようだ。

目で見送り、割烹紅亭に入った。

お客がいくらか入っているようだ。

奥の自分の部屋に向かった。

龍之助が来ている。折り目のくずれた袴をつけ、すでに浪人姿になっていた。

「おう、お甲。動きだしたか」

「はい。いま、左源の兄《あに》さんが尾け、お宮の裏手のほうへ」

「ほう、やはりな。急げ」

「あい」

お甲はその場で着物を脱ぎ、俊敏な動作ができる筒袖《つつそで》に着替え、絞り袴をつけた。渋茶の地味な色だ。

目立たぬよう、裏の勝手口から出た。石段下を抜け、裏手の道へ入った。提灯は持っていない。お甲も左源太とおなじ山家《やまが》育ちで、夜目が利く。それに、左源太が男を尾けて行った先は分かっている。ゆっくりと歩を進めながら、

「伊三次さんが、石段下と街道おもてに人数を」

「ふむ。それの世話にならぬよう、処理しなきゃなあ」

「はい。それにあの男、座を立つとき……」

お甲は話した。

「ほう、またもみじ屋に戻るか。なるほど、槍を突き出す場所を教えてくれたようなものだな」

「はい」

お甲は盆茣蓙の場で男の言葉を聞いたとき、瞬時にそれを覚《さと》った。もちろん左源太にも伝えている。男は槍突きをやってから、柄にした竹を捨てなにくわぬ顔でもみじ屋へ戻り、朝方にいずれかへ帰るつもりだろう。ならば、

(場所は神明町の近くで、遊びの帰り客を……)

おそらく脇道より、帰り駕籠や千鳥足を見つけやすい……街道となるだろう。それに男は、街道へ出るにも込み入った脇道や路地は知らないはずだ。

「ならば、やつめ。竹藪からこの道をまた戻ってくるぞ」

「はい」

二人は神明宮裏手から街道へ出る往還の物陰に身を潜めた。神明町と宇田川町の堺になっている往還だ。二人とも、どこに窪みがあっていずれに起伏があるかまで、熟

知している。人通りはまったくない。

待った。

お甲はふところの革袋をさぐり、包んでいた手裏剣を幾本か出して帯にはさんだ。お甲の最も手馴れた得物だ。

じっとしていると、やはり寒い。お甲は無言で龍之助に身を寄せた。

「うっ」

人の気配だ。思ったより早い。男は手馴れているのか、事前に柄を伐り出して枝を払い、槍身をつけるだけに用意をととのえていたようだ。

近づいた。ゆっくりした歩調だ。無理もない。慣れぬ暗がりの往還を槍の柄で探りながら歩を進めているのだ。カチカチと音もする。左源太にとっては、闇のなかでも尾けやすい相手だ。音をたどればいいのだ。

龍之助とお甲の潜む前を、男は通り過ぎた。

左源太は三間（五米《メートル》余）ばかりうしろについていた。足袋跣《たびはだし》で足音がない。お甲もおなじ足袋跣で、龍之助も雪駄ではなく草鞋《わらじ》の紐をきつく結んでいる。捕物支度だ。

左源太の腹掛の口袋には、分銅縄が幾本か入っている。二尺（およそ六十糎《センチ》）か三尺（およそ一米）の縄で、両端に石を結びつけた得物だ。山暮らしのとき左源太は、この得物で走る鹿や猪をよく捕らえたものである。間合いをはずさず足に投げつけ顚倒させるのだ。

「——人間を相手に？　鼻唄まじりにでもできまさあ」

以前、言ったことがある。そのとおりだった。簡単そうに見え、大松の若い衆が幾人か真似てみたが、瞬時に間合いを測るのは左源太にしかできない芸当だった。

「左源太」

「ほっ。やはりここでしたかい」

闇に忍び声が這った。呼びとめられ、左源太も物陰に入った。

「やっこさん、街道に出ますぜ」

「そのようだな。行くぞ」

「へい」

三つの影が物陰を出て、前方の音の気配を追った。ふたたび、影の視認できる三間ほどの距離に迫った。男は背後にまったく気づくようすはない。

前方に広い闇の空洞が見える。街道だ。男は枝道の角に身を隠した。三間ばかり後方で、龍之助ら三人は地面に片膝をついて肩を低くし、すぐ飛び出せる態勢をとった。男が気配を感じてふり返っても、暗くて影も見えないだろう。

街道に人の気配……神明町のほうからだ。灯りの揺れているのが感じられる。鼻唄を唄っている。見えた。ぶら提灯を持った二人連れだ。

「左源太、お甲」

「はいっ」

男に寸分でも動く気配が見えたなら、分銅縄が飛び男は顛倒する。起き上がれば走り込んだ龍之助の峰打ちを受け悶絶する。分銅縄がはずれ逃げようとすればお甲の手裏剣が背に刺さる。男はすでに袋のねずみである。

ぶら提灯に千鳥足の二人連れは、枝道の前を宇田川町のほうへ通り過ぎた。男に動く気配はなかった。槍を突き出すほどの対象ではなかったようだ。

背後の三人はゆっくりと息を吐く余裕を得た。

すぐだった。声、かけ声だ。聞こえる。

――ヘッホ、ヘッホ

町駕籠だ。

男は駕籠ごと中の客を刺し殺したこともある。去年の極月（十二月）に入ってすぐだった。場所は日本橋の向こうの室町だった。龍之助も死体を検分した。大店《おおだな》のあるじだった。胸を一突きにされ即死していた。

「――へえ。前方の闇から黒い影が不意に走り込んできて、アッと思ったときにはもう突かれておりやした」

駕籠舁き人足の証言は、死体の刺し傷のようすと一致していた。

「――突き立てた野郎には、前棒の小田原提灯がいい目印になったろうなあ」

奉行所で龍之助は朋輩の同心らと話し合ったものだった。

おそらく神明町で遊んだ帰りであろう。賭場の客か、あるいは石段下の紅亭に上がっていた客かもしれない。状況はいま、室町のときに酷似していようか。

かけ声が大きくなる。灯りも強さを増した。男の影が動いた。飛び出た。街道だ。

「たーっ」

声とともに、

――シュル、シュル
分銅縄が飛んだ。同時だった。

「えいっ」

お甲も待てなかったか、手裏剣を打った。

「あわわっ、うっ」

よろめいた男の背に手裏剣の切っ先が喰い込んだ。

「ひーっ」

駕籠舁きの悲鳴とともに、

――ガシャ
駕籠尻が地面にけたたましい音を立てた。

「うわーっ、こ、これは！」

駕籠の客は外へころげ出た。

七

龍之助が抜き打ちを見せるまでもなかった。

駕籠舁きの前棒は証言した。

「へえ。もう、いきなりでさあ。目の前に黒い影が倒れ込むように飛び出してきて、足元になにやらカチャッと音がしやすんで。見ると槍の先じゃありやせんか。え、倒れこんだやつ？　別の影がまた二つも三つもおなじところから飛び出てきやして、あっという間でしたさ。折り重なったかと思うと、あとはもうグルグル巻きに……」

龍之助が引いて行ったのは、神明町ではなく宇田川町の自身番だった。

「えっ！　こ、こいつが、あ、あの槍突き、だったんですかい」

自身番に入り、明るいところで男と手証の槍を見て、初めて駕籠舁きの前棒も後棒も震えだした。転げ出た客はなおさらだ。

自身番には町役《ちょうやく》の地主や大店のあるじかその代理人、それに町に雇われた筆達者な書役《かきやく》が常時詰めているが、時節柄、町内の若い者も幾人か詰めていた。

奥の板敷きの部屋の柱に男の縄尻をつなぎ、龍之助は詮議した。それを書役が自身番の控帳《ひかえちょう》に書き取っている。

男は五助《ごすけ》と名乗った。本名かどうか分からない。ただ、五助なる者が甲州無宿であったことには、

「えぇっ」

「やっぱり」

左源太とお甲は顔を見合わせ、複雑な表情になった。

龍之助に尋問されるまま、五助は言った。

「マタギじゃござんせんが、猟師で畑もいくらか耕しておりやす。畑が何年も枯れたままになると、不思議なもので狐も狸も猪も獲れなくなり、出るのは狼《おおかみ》で人間を襲いまさあ。そいつらをなんとか打ち殺し、皮を剝いでお江戸へ売りに来やした。敷物

屋さんはけっこういい値で引き取ってくれて、干した獣肉も、ももんじ屋さんがよろこんで買ってくれやした。そのはずでさあ。飢饉なんて、お江戸のどこにあるんでやすかい。男も女もみんなきれいに着飾りやがって。甲州《くに》で餓えたやつ、村で喰えなくなって、街道に出て鉢開《はちひら》きをするやつ、身を売る娘っこ……思うと、もう江戸のやつらがなにもかも憎たらしくなって……」

「それで、槍身を買って江戸者を突き殺しはじめたのかい」

「そりゃあ、それでどうなるもんでもねえことは分かってまさあ。ですがねえ、あっしゃあ、もう我慢できなかったのでさあ。だっちもねー」

「おみゃあ！」

最後の言葉に、左源太は声を絞り拳《こぶし》を振り上げた。

「よしねえ」

「へえ」

龍之助にたしなめられ、左源太は拳を下ろした。

「あたいにも、できれん」

お甲がポツリと言った。槍で江戸者を突き殺しつづけたことではない。この男を左源太が、殴りつけようとしたことに対してである。

駕籠から転げ出たのは、宇田川町の街道おもてに暖簾を張った家具屋のあるじ、宇田川屋吉兵衛《きちべえ》だった。自身番の畳に額をすりつけ、龍之助たち三人に幾度も幾度も感謝を示し、有力町役の一人である甲州屋右左次郎も、知らせを聞いて自身番に駈けつけ安堵の表情をつくっていた。

翌朝早く、街道にまだ人が出はじめる前だった。龍之助の連絡で深夜に駈けつけた捕方に縄尻を持たせ、八丁堀の隣に位置している茅場町《かやばちょう》の大番屋に引いていった。左源太とお甲は、大松の弥五郎に事態を知らせるため、深夜のうちに神明町に帰した。そのままお甲はもみじ屋で何事もなかったように賽を振り、左源太は何回か丁半を張ったことだろう。だが、

「左源太さんよ。どうしたい、冴えねえ顔をしてよ」

伊三次が心配して声をかけたのへ、左源太は無言だった。この夜、お甲の采配がなかったなら、左源太は大負けしていたことだろう。勝ちはせず、辛うじて負けを最小限に喰いとめた。お甲の手さばきもまた、冴えなかったのだ。

五助は大番屋に引かれた翌日には小伝馬町の牢屋敷に送られ、奉行所の白洲には二度ほど引き出された。吟味にあたったのは、与力の平野準一郎だった。もちろん、龍

之助も吟味方同心として白洲に出た。

自身番の控帳にも、奉行所の御留書《おとどめがき》にも慥《しか》と記された。

――町衆《まちしゅう》の合力之有《これあ》りて
大松一家の名は出てこない。龍之助も、大番屋でも奉行所の白洲でも、大松の名は出さなかった。同心が町の無頼と結託して賭場を開いていたなど明らかになれば、それこそ龍之助が小伝馬町の牢に入らねばならない。引いた自身番が宇田川町だったから、甲州屋右左次郎や宇田川屋吉兵衛らはお白洲につき合っても、神明町の大松の弥五郎をはじめその他の町役が出ることはなかった。そうなるために龍之助はあの夜、神明町ではなく宇田川町の自身番に引いたのだ。甲州屋右左次郎はその意味を解し、率先して白洲に出たものだった。

「すまんですなあ、甲州屋さん。あっしらの稼業が稼業なもんですから。鬼頭の旦那のためにも……」

大松の弥五郎は、甲州屋右左次郎が呉服橋御門内の北町奉行所へ出頭するたびに言っていた。

白洲での吟味は、自身番の控帳や大番屋での御留書の内容にそって進んだ。行きずりの者を幾人も殺している。磔《はりつけ》・獄門《ごくもん》（さらし首）と決まった。出身が江戸より西の者は品川宿の鈴ケ森《すずがもり》刑場で、東の者は千住宿の小塚原《こづかっぱら》刑場でそれぞれ執行される。捕縛してから九日目だった。引廻しではないが、五助は小伝馬町の牢屋敷から裸馬に乗せられ、品川の鈴ケ森刑場に護送された。街道筋の町々の自身番に、通過の時刻が事前に知らされる。警備のためだ。朝早い時刻だった。経緯《いきさつ》から護送組のなかに龍之助が入っている。

沿道に出ている者は多い。処刑を見ようと、行列のうしろについて行く者もいる。左源太とお甲は、茶店の紅亭の奥の部屋にいた。伊三次が一緒だ。おもてが騒がしくなった。

「来ましたよ、行列」

茶汲み女が知らせに来た。伊三次が腰を上げ、

「どうしたい。左源太さんもお甲さんも、見に行かねえのかい。あんたらが捕まえたんだぜ」

「あゝ、伊三兄イ《いさあに》よ。代わりに見てきてくれや」

「あたしもできれん」

左源太とお甲は座ったまま、動かなかった。

行列は通り過ぎた。

「鬼頭の旦那、お手柄にしては浮かぬ顔で歩いておいでだったよ」

伊三次が戻ってきた。

「どうだい、せめて背中の見送りだけでも」

「そうだな」

伊三次がうながしたのへ左源太は応じ、お甲も腰を上げた。品川までついて行く気か、暇そうな男や女がゾロゾロとあとについているのだけが見えた。

「槍、あいつらに突き込みたいぜ」

「あたしも」

左源太が低くポツリと言ったのへ、お甲も頷くようにつづけた。


夕刻である。龍之助は北町奉行所に帰っていた。捕らえた日から奉行所内では、

「大した手柄じゃ」

「現場を押さえたのだからなあ」

声は溢《あふ》れている。龍之助が自慢げに多くを語らないのが、朋輩たちから好感を持たれていた。語れない。語れば大松一家との関わりから、女岡っ引として手札を渡しているのが、女壺振りだったなどまでおもてに出てしまう。お甲はあくまで、町の噂を

拾いやすい割烹の仲居なのだ。

「鬼頭」

また廊下で、与力の平野準一郎に呼びとめられた。

「あ、平野さま。ありがとうございます」

裁きへの礼である。平野与力は、控帳や御留書に記されている以外のことは、お白洲で詮議することはなかった。平野は、龍之助が言った〝ありがとうございます〟の意味を覚《さと》っている。ニヤリと微笑《ほほえ》み、

「町の無頼も、使いようによっては重宝なものだ」

「はい。そのようで」

「ははは。これからもナ」

平野与力はあたりに目を配り、声を落として言った。

早くも翌日には、

——槍突き五助、甲州無宿、獄門に

かわら版が出た。五助の言い分が存分に書かれていた。だが、欠落しているものもあった。

——町衆の合力があり

書かれている。そこに〝大松一家〟の名はない。当然、〝岡っ引が賭場からあとを尾け〟など、そのようなことも書かれていない。

捕縛のときも処刑のときも、まっさきにかわら版を手配したのは、なんと伊三次だったのだ。

「――余所《よそ》の与太が嗅ぎつけるより早く出してしまえ」

龍之助も一枚かんでいた。彫り師も摺り師も神明町や宇田川町の者なら、売り歩くのも大松一家の若い衆だった。値は十文、十二文と張り、町角で三味線をジャンジャンかき鳴らして読売りをするのではない。老中から〝取り締まれ〟とお達しが出ている以上、幾枚かをふところに隠して路地をまわり、垣根越しに、

「旦那。槍突き、捕まりやしたぜ。けっこう言い分もあるようで」

「ほう、どんな」

と、一枚一枚売り歩くのだから、値が張るのは自然の摂理だ。五助の言い分……捉えようによっては、まさしくご政道批判になる。

その五助処刑の二日前だった。柳営で老中の松平定信が南北両町奉行を呼びつけ、〝ご政道批判〟のかわら版を手に握り締め、

「――人返しじゃ！　町で無宿者を捕らえ、罪のあるなしに関わらず生まれ在所に追

い返すのじゃ!」

人返し令だ。両町奉行は拝命した。

奉行所の同心たちは言っていた。

「またまた仕事が増えたぞ、まったく」

「槍突きは落着しても、辻斬りがまだだというに」

「それがしのせいではないぞ」

「誰もそんなこと言っておうん」

同心溜りで、また廊下で、龍之助も話に加わっていた。だがその胸中には、

(辻斬りの者こそ、俺の手で捕らえねば)

思いを強めていた。その強い念に、〝朋輩たちにも柳営にも思い至ってもらいたくない〟ものを、龍之助は重ね合わせていた。

二　闇夜の自裁

一

「いやあ、鬼頭《きとう》さんの手柄には足元にも及びませんが、せめてもと思い、不逞《ふてい》なかわら版を挙《あ》げましてなあ」

五助の磔《はりつけ》より三日目だった。神田界隈を定町廻りの持場にしている朋輩が、昼間の微行から戻ってきて、奉行所の同心溜りで言っていた。

「これでしてな」

と、その同心は押収したかわら版を一枚、龍之助《たつのすけ》らに見せた。

――槍突き五助、甲州無宿、獄門に

半紙大の一枚摺りで、内容は伊三次《いさんじ》が音頭を取ったものとそっくりおなじ文面だった。神明町でいち早くかわら版を出したのが奏功している。そこに〝町衆の合力《ごうりき》〟はあっても〝大松一家〟や〝賭場《とば》〟の文字はない。

脇道を二人組で触売《ふれう》りしているのを捕まえたようだが、

「そやつらめ、諸人《もろびと》を安心させるためだ、お上のためにもなるだろうなどと喚《わめ》きましてなあ。ともかく自身番に引いて、そこから茅場町《かやばちょう》の大番屋に送りましたよ。ま、百叩きくらいにはなりましょうかなあ」

挙げた同心は言っていた。あと二、三日もすれば磔か獄門首の絵入りで二枚綴《つづ》りのかわら版も出るだろう。これなら二十文、三十文で売れる。文面は先達《せんだつ》のものとほぼおなじになるはずだ。二番煎じ、三番煎じというものは、いちいち現地への取材など面倒なことはしない。ともかく出しているのは町々の与太どもで、手間ひまのかかることは避けるものだ。

その獄門首はまだ鈴ケ森の刑場に架かっている。品川宿の町並みを西へ出てすぐの所に竹矢来《たけやらい》が組んであり、街道から容易に見える。あと数日で刑場の隅に浅く掘った穴に埋められ、遺族が持ち帰ることはできない。処刑者の墓をたてるのはご法度《はっと》になっているのだ。

左源太《さげんた》とお甲《こう》は、毎朝品川の方向に向かって手を合わせていた。そのたびに左源太

は念仏代わりに、

「だっちもねー」

呟《つぶや》いていた。

奉行所の同心溜りで、

「なるほど、これならご政道批判はけしからぬが、〝諸人を安心させる〟役にはたちましょうかなあ」

言う同心もいた。

聞きながら鬼頭龍之助は、

（そのように文面を考えたのですよ）

内心に呟き、

「さあ、参りましょうかねえ。あと、辻斬りがまだ残っていましょう」

「そうそう。斬り口からみると、かなり手強いぞ。心せにゃあ」

同心たちは腰を上げた。これからまた、暮れはじめた町中《まちなか》へ見まわりに出るのだ。槍突きが見事に挙げられたあと、もし自分の持場に辻斬りを許したとなれば、定町廻り同心として大いに恥をかかねばならない。

正門脇の同心詰所には、組屋敷の下男やそれぞれの岡っ引が迎えに来ている。龍之

助には茂市《もいち》も左源太も来ていない。茂市には、

「——きょうも帰りは遅くなるから、迎えはいらんぞ」

朝のうちに言い、左源太には、

「——直接にな、お甲と一緒に甲州屋で待て」

きのうのうちに言ってある。

きょう見まわりの前に、宇田川町の甲州屋で松平家の足軽大番頭《おおばんがしら》・加勢充次郎《かせみつじろう》と会うことになっているの。龍之助のほうから、甲州屋を通じて申し入れたのだ。きのうだったが、加勢充次郎は八丁堀の鬼頭龍之助からとあっては、

「——その場で二つ返事でございましたよ」

遣《つか》いに立った甲州屋の番頭は言っていた。五助捕縛のあと、かねての約束から二人は一度会っている。もちろん、甲州屋の奥座敷だった。幸橋《さいわいばし》御門外と山下《やました》御門外に松平家の足軽が出て、これ見よがしの警戒態勢を敷いているのを、いかにすれば槍突きのように捕縛できるか、その態勢の相談だった。龍之助の答えは最初から決まっていた。

「——江戸城の御門は、城外の武家地や寺社地とは異なりましょう。ともかく事件を起こさせないのが第一では」

龍之助は言った。理には適《かな》っている。

「――うーん」

加勢は唸り、

「――したが、わが殿には、あくまで生け捕りにと申されておいでのう」

老中の松平定信は辻斬り犯に、ある仮説を立てている。だから、

「――断じて生け捕れ！」

なのだ。その仮説は、龍之助と一致する。だからこそ、

（そうはさせるか）

なのである。

龍之助はさらに言った。

「――それに加勢どの。生きて捕縛するには、ご当家の足軽衆には、少なくとも幸橋御門外の警備について、当方の差配下に入ってもらわねばなりません。幸橋に出張《でば》っておいでなのは、組頭《くみがしら》の倉石俊造《くらいししゅんぞう》どのでござろう。いささか困難では」

「――うーむ」

加勢はまた唸った。さっきとは違い、肯是《こうぜ》の唸りだった。龍之助の言うとおりなのだ。大名家の足軽集団が、たとえ場所と期間を限定したとしても町方の差配を受ける

など、およそ考えられない。それに幸橋の現場を受け持っている倉石俊造は、外に対しては必要以上に気位の高い男だ。以前、松平家の家士が町家の女に入れ揚げ、屋敷を出奔して神明町の近くで騒ぎを起こしたとき、加勢の依頼を受け極秘に処理したのは龍之助で、その手足となって奔走したのが左源太にお甲、それに伊三次ら大松一家の若い衆たちだった。そのとき屋敷から足軽を率いて出張って来たのが組頭の倉石俊造だった。この者に花を持たせながら、おもて沙汰《ざた》にならないよう処理するのに、龍之助はずいぶん気を揉んだものだった。

そうした倉石俊造の性格を、上司の加勢充次郎はよく知っている。その倉石に加勢が幸橋を差配させているのは、龍之助とすでに面識があることと、それに倉石俊造は松平家第一の〝忠義の士〟でもあるからだ。あるじの定信が老中となり将軍補佐となったのでは、その〝忠義〟はなおさらだ。龍之助から見れば、

(巧妙な策を遂行するには、ふさわしくない御仁)

ということになる。

そのときの談合では、現状をつづけることだけで合意し、新たな策を立てるまでにはいたらなかった。いまなお幸橋御門外と山下御門外には、松平家の足軽隊がこれ見よがしの巡回をつづけている。加勢には、

（これでは寄せつけないだけで、生け捕れぬ）

思いがあるが、龍之助にとっては、

（それでよい）

のだ。

その龍之助から〝お会い致したい〟と言ってきたのだから、加勢は二つ返事にもなろう。天明八年もすでに如月《きさらぎ》（二月）に入ってすぐのことだった。

街道を脇道にそれ、甲州屋への角を曲がったとき、ちょうど陽の沈みかけたころだった。

「――日の入りの暮れ六ツに」

時分どきで甲州屋には悪いが、龍之助の指定した時刻だった。

加勢充次郎はすでに来ていた。お供の岩太《いわた》は、別間で左源太にお甲も加わり、屋敷内や町屋の話に興じていた。そこに甲州屋の用意した夕餉《ゆうげ》も出るのだ。

龍之助が奥の部屋に入ると、あるじの右左次郎《うさじろう》は女中に膳の用意を命じた。

奥の部屋は、松平家足軽大番頭と八丁堀同心の、酌婦のいない酒食の座となった。

そのほうが話は進めやすい。そのあたりを右左次郎は充分に心得ている。さすがは大名家相手の献残屋である。

「して、ご用向きは」

加勢は期待を込めて言った。相手はなにしろ、江戸中を震撼《しんかん》させた槍突きを生け捕った同心なのだ。

龍之助は単刀直入に言った。

「御家《おんけ》のお殿さまに、一言お口添え願いたいのだが」

「ほう、いかようなことを」

加勢は箸を持つ手をとめ、龍之助を見つめた。

龍之助は言った。

「ご存じのことと思いますが、町奉行所の定町廻りには、われら同心に持場の区域が定められており、その範囲に添ってそれがしも動いておりましてなあ」

「ご苦労にござる」

「槍突きはここの宇田川町であったゆえ、うまく出くわして捕縛できもうした」

「ふむ、それそれ。感服してござる」

「したが、あれはまったくの偶然にて、辻斬りもそういくとは限りませぬ。そこで、どうでござろう。老中さまから柳生久通《やぎゅうひさみち》さまら町奉行に、辻斬り犯の捕縛に限って同心たちの持場を撤廃し、各自が受持ちの境を気にすることなく動けるようにすればどうかと、話してもらえませぬか」

「ふむ。つまり貴殿が、幸橋界隈だけでのうて、山下御門のあたりも自在に動ける環境をつくってくれということでござるな」

松平家も龍之助も、

（やがて辻斬りは、幸橋御門か山下御門の近くに出るはず）

予測しているのだ。

だが龍之助も加勢も、それを口にしない。加勢も龍之助も、言わずともそこは分かっているとの暗黙の了解のもとに話を進めている。

「分かりもうした。さっそく今宵にも家老の犬垣伝左衛門さまに話し、殿の上聞《じょうぶん》に達するよう手配しておこう」

加勢は応諾《おうだく》した。

「いやあ、それにしても見事でござった。辻斬りも槍突きのようにのう、期待しておりますぞ」

あとは世間話の雰囲気となったが、そこに加勢はさりげなく本心を披瀝した。

「鬼頭どのが捕らえたなら、わがほうの足軽にソッと引き渡してもらいたい。むろん前にも言ったように、貴殿の手柄になる算段はいたす。もし、別の同心が捕らえたなら、そのこと、まっさきにわが屋敷へご一報願いたい」

生け捕った辻斬り犯は、あくまでも松平家で確保したいのだ。

「よろしゅうござる。そのためにも、御家の足軽衆が門外に出張っておいでなのは、心強いというか、至便でござる」

「ふふふ」

龍之助の言葉に、加勢は上機嫌になった。

酒食も話もすべて終わったころ、部屋の行灯《あんどん》には火が入り、外はすっかり暗くなっていた。加勢と龍之助が甲州屋で談合したとき、いつもなら二人はいくらか間を置いて別々に玄関口を出るのだが、この日は、

「物騒ゆえ。いや、そのほうがかえっていいのだが、外濠《そとぼり》の御門までお送りいたそう」

「ほう。そこを狙《ねろ》うてくれればいいのだが」

加勢は受け入れ、岩太と左源太がぶら提灯で二人の足元を照らし、お甲もぶら提灯を持ち、そのうしろに随った。武士が二人に供が中間《ちゅうげん》、職人、町娘となれば、奇妙な一行に見える。あるじの右左次郎だけが外まで出て見送った。来客が帰るとき、できるだけ目立たないようにするのも献残屋のつとめなのだ。

足はすぐ愛宕山下の大名小路に入った。暗く大きな空洞のように感じられる往還に人通りはなく、灯りが揺れているのはこの一行だけ……ではなかった。

「いかなる者か、早う犯人を見あらわしたいものでござる」

「老中さまのお言葉があれば、それがしがこのまま気兼ねなく、山下御門のほうへも足を延ばすことができますよ」

「期待しておりますぞ。犯人め、臆《おく》せず出てきてもらいたいものですなあ」

他所では言えないようなことを言いながら歩を進めているところへ、

「ほう。来ましたな」

前方の角を曲がれば幸橋御門という白壁の往還だった。その角の向こうに気配が感じられた。左源太もお甲も身構えることはなかった。相手が分かっているからだ。角から弓張《ゆみはり》提灯が三、四張《はり》走り出てきた。人数は十人くらいもいようか、龍之助たちの前まで走り寄ると、

「あ、これは加勢さま。奉行所の鬼頭どのもご一緒でござったか」

組頭の倉石俊造が率いる足軽の一群だった。いずれも白鉢巻にたすきがけで、六尺棒を小脇に抱え込んでいる。

「ちと所用で遅くなってしもうてな。町方に送ってもらっておったのだ」

「それは加勢さま。われらが参じたからには、もうご安堵くださりませいっ。ここは武家地でござる。町方は遠慮願いたい」

倉石の口調は気負い立っている。

「ほう、これは頼もしゅうござる。では加勢どの、われらはここで」

龍之助は逆らうことなく頷いた。今宵、加勢につき添ったのは、倉石の警戒網のようすを見るためだったのだ。

加勢は無言で頷き、

「ならば、さっそく段取りはつけておくゆえ」

龍之助と互いに軽く会釈を交わし、二列縦隊のなかに岩太と一緒に挟まれるかたちで幸橋御門のほうへ向かった。

それら弓張提灯の灯りを見送り、

「倉石さん、ずいぶん張り切っていますねえ」

「ははは。あのような家来を持ち、加勢どのも痛し痒《かゆ》しだろうなあ。さあ、宇田川町の自身番で一息入れようか」

お甲が皮肉っぽく言ったのへ龍之助は応《こた》え、きびすを返した。神明町でないのは、すでに槍突きの脅威は去り、残った辻斬りが〝狙うのは武士ばかり〟であることを諸人は知っており、町々には日暮れてからも以前の活気が戻り、警戒の必要が薄れていたからである。茶店の紅亭も、すでに日暮れには以前のとおり、割烹の紅亭と交替するように暖簾を降ろしている。龍之助がいま警戒すべきは、松平家の〝お膝元〟で屋敷から町家への出入り口になっている、幸橋御門と山下御門の近辺なのだ。神明町より宇田川町のほうが幸橋御門に近く、それに宇田川屋吉兵衛《きちべえ》が、

「──使ってくだされ、宇田川町の自身番を。手前どもの商舗《みせ》を詰所にしていただいてもよろしいですぞ」

と、龍之助と左源太、お甲に、下にも置かぬ姿勢を示しているのだ。なにしろ槍突きに殺されかけたのを助けてもらったのだ。命の恩人である。五助が裸馬に乗せられ鈴ケ森の刑場に向かうとき、おもてに出てその列を見つめ、

「──あの者の顔を凝《じ》っと見ていて、思わず足が震えましたでございますよ」

龍之助に言っていた。きょうも宇田川屋吉兵衛は、店の番頭を代理に立てず、町《ちょう》役《やく》としてみずから自身番に詰めていよう。

その自身番へ歩を進めながら、

「岩太はどう言ってたい、松平屋敷のようすをよう」

「そりゃあもう、屋敷の中は辻斬りの素性を特定したかのように」

「そうそう、いきり立っているお人らがけっこういるって」

龍之助が訊いたのへ、左源太とお甲は交互に応えた。さきほどの足軽組頭の倉石俊造の気負いは、それらいきり立っている派を反映していたのであろう。

「それにしても大番頭《おおばんがしら》の加勢さんよ。辻斬りを生け捕りにしたいのなら、あんな跳ね上がりみてえなのを抑《おさ》えて、もっと上手《うま》い警備ができねえもんでしょうかねえ」

「あはは。加勢どのも宮仕えの身で迷っておいでなのさ」

「どういうわけで？」

左源太の問いに龍之助は答えた。

「幸橋や山下の、松平屋敷の〝お膝元〟に辻斬りの出没を許してはならぬ……と。それには倉石みてえなのがちょうどいい。しかし一方、殿さんの〝生け捕れ〟との下命も果たしたい……と」

「無理じゃねえですかい、あの派手な警備じゃ」

「だから加勢どのは、俺たちに助っ人を頼んできているんじゃねえか」

「なるほど」

左源太は頷いた。お甲と二つの提灯で龍之助を挟むように歩を進めている。

宇田川町の自身番の灯りが見えてきた。

「まだ町の若い人たちも詰めてるのかしら。もう必要ないのにねえ」

お甲がポツリと言った。

龍之助も左源太も同意するように頷いたが、江戸は広い。いまのところ、辻斬りは場所を選んでいないのだ。

二

時刻なら、龍之助と加勢充次郎が〝襲ってくれれば〟などと冗談とも本気ともつかぬ言葉を交わしながら甲州屋を出たころだった。あたりはもうすっかり夜の闇に包まれている。出たのだ。

場所は、大川（隅田川）に架かる両国橋の向こうで、本所《ほんじょ》の回向院《えこういん》の裏手の往還だった。両国橋の東たもとにも町家が形成され、その息遣いがそのまま回向院の南手に広がる門前町へとつながり、境内《けいだい》の長い壁の北側は武家地となっている。

龍之助たちが五助を捕らえてから、いずれの町家も門前町も、

「へん、辻斬り？　ありゃあ武家地の話じゃねえか。神明さんを見習おうぜ」

と、きっかけをつくった芝の神明町に倣《なら》い、にぎわいを取り戻している。当然、呑

み客には武士も来る。お供の中間《ちゅうげん》の証言では、ちょいと回向院の門前に所用があって帰りが遅くなったとのことらしい。〝所用〟とは、町家の安心感につい惹《ひ》かれ、お仲間と呑むことだったのだろう。

その帰り、町家の灯りを離れ、供の中間のぶら提灯に足元を照らされ、回向院の脇から武家地へ抜ける往還に十数歩入ったときだった。

「——はい、いきなりでございました。物陰から黒い影が飛び出てくるなり、はい、もう目の前でした」

中間は提灯を放り投げその場にへたり込んでしまい、

「——頭の上をなにやら鋭い風が走ったように感じました。身をよじってふり返りますと、旦那さまの身がグラリと……」

倒れ込むところだったらしい。放り出した提灯が地面で燃え、その姿がはっきり見えたという。

「——崩れ込んだ身を見ますと、首が、首が……」

なかったという。

提灯の紙が燃え尽き、あたりに闇が戻るなり中間は悲鳴を上げ、

「——つ、つ、つじ、辻斬りーっ」

灯りのある町家のほうへ駈け込んだ。

町家から人が走り、見まわり中だった同心も走った。首のない武士の死体を見た。武家地の辻番小屋《つじばん》からも人が走り出た。町の自身番が町々によって運営されているのに対し、武家地の辻番小屋は近辺の武家屋敷が出しており、詰めている者も足軽たちで刀を差しているうえに六尺棒を持ち、町家の者には態度も横柄だった。

「――おう、ここは町場じゃねえ。遺体は預かるぞ」

辻番小屋の足軽たちは近くの小屋の応援も得て、走り来たった町衆を同心もろとも追い返し、いくつもの弓張提灯が出てすっ飛んだ首も找《さが》しだし、戸板に乗せて持ち去ってしまった。

龍之助がそれを知ったのは、翌朝北町奉行所に出仕してからだった。奉行所内は朝からあわただしく、受持ちの同心は深夜に遣いを奉行所に走らせて小者数人を呼び寄せ、いまなお聞き込みに奔走しているという。与力の差配で応援の同心を幾人か現場へ送ることになり、龍之助は進んでその一人となった。左源太やお甲を呼び寄せる間もなく、茂市を連れて両国橋に急いだ。まだ朝のうちである。

「旦那さま、もう少しゆっくり歩いてくだされ」

音《ね》を上げる茂市を叱咤しながら小走りに進んでいると、両国橋の手前だった。同心は小銀杏《こいちょう》の髷《まげ》と着流しに黒羽織から、見ればすぐ分かる。

「お、旦那。川向こうにまた辻斬りなんですってねえ。やっぱり武家地ですかい」

左源太に似た職人風の男が声をかけてきた。答えを聞こうと、数人の男女が立ちどまった。すでに噂は両国橋を渡って室町界隈にまでながれてきているのだ。

龍之助も立ちどまり、町衆に安心感を与えようと、

「そのように聞いておる。一応、確かめに行くところだ」

「おーっ」

周囲から安堵の声が上がった。

「気張ってきてくだせえ」

さっきとはまた別の声を背に、龍之助はふたたび急ぎ足になった。

両国橋を渡った。とうとう茂市は音《ね》を上げ、

「回向院の門前町だ。あとから来い」

龍之助は一人になった。現場で誰にどんな連絡が必要となるか知れない。配下を一人は連れていなければならない。だが、捕方を連れた同心が数人一緒に走るのは、それだけで人心に動揺を与える。別々に行くのも、町奉行所の町家への配慮である。

回向院の門前町は〝昨夜の辻斬り〟の噂でもちきりだった。

すでに持場の同輩が聞き込んだあとだったが、得るものは多かった。中間《ちゅうげん》の悲鳴の前後、町家で挙動の不審な武士を見た者はいなかった。月代《さかやき》を伸ばした百日髷《ひゃくにちまげ》の浪人風体の者もいなかった。現場のようすが詳しく町家に伝わっているのは、仰天した中間が思わず駈け込んだのが武家地の辻番小屋ではなく、町家だったからだ。町衆も同心も首なし死体を見ている。果たして武士は、これまでの例に洩れず刀に手をかける間もなく一撃で殺されている。武士にとっては恥辱だ。その者は、回向院近くの武家地に屋敷を持つ、四百石取りの旗本だった。首がないのに名が分かったのは、直前まで呑んでいた料理屋の仲居が、お供の中間の顔を覚えていたからだった。おそらくその中間は屋敷で、なぜ町家に走ったか！　と殴り倒されたことであろう。

龍之助も現場を見てみようと行きかけると、

「よしなされ。無駄ですよ」

聞き込み中に落ち合った、持場の同輩は苦笑まじりに言った。

「とりあえず近くにだけでも」

ともかく龍之助は回向院の脇道に向かった。

野次馬が出ている。だが、前に進めなかった。現場に足軽が幾人も出て、人止《ひとど》めをしているのだ。龍之助は奉行所同心であることを告げ、押し問答になったが、

「町方に用はない。帰れ！」

きつい口調で浴びせられ、目の前に六尺棒を十文字に組まれた。それでも龍之助は、現場の往還の幅から殺害現場と思われる場のようすを詳しく看《み》た。木立ちが数カ所にある。隠れるのに至便だ。町家のほうから帰ってきた武士を正面から襲い、そのまま走り去った。ということは、犯人は町家のなかに逃げ込んだことになる。それを誰も気づかなかった。その者は灯りのなかに入るなり、息も乱さず悠然と歩き去ったか、あるいは飲み屋に入ってなにくわぬ顔で一杯ひっかけ、外の騒ぎを他人事《ひとごと》のように聞いていたかもしれない。

龍之助はその中間に訊きたかった。

『打ち込んだときと、逃げ去るときの足音は？』

だが、辻番が扱ったからには、もう町奉行所の手を離れたも同然である。柳営の目付に申し入れても無駄だろう。しかし、想像はできる。中間から直接話を聞いたという町衆数人にあたってみたが、応《こた》えは一致していた。

「あゝ、あの中間さんですかい。足音のことなど、何も言っておりませんでしたよ」

ということは、足音が中間の記憶に残るほどのものではなかった。つまり、

(足音はなかった)

足袋跣《たびはだし》かそれとも草鞋《わらじ》……。灯りのある町中《まちなか》を悠然と歩くのに足袋跣は不自然だ。誰かがそこに気づくはずだ。その証言もない。おそらく誰が見てもごく自然な……草鞋だったのだろう。それに、前回が四ツ谷御門の近くで、今回が本所回向院の裏手とは、場所があまりにもかけ離れている。去年の辻斬りも小石川や神田などと、出没地点にまったく一貫性がないのだ。

三

その日も夕刻近く、北町奉行の柳生久通は与力と同心全員を召集した。両町奉行がまた柳営で、老中の松平定信に叱責されたのだ。

広間に出てきた柳生久通は、明らかに緊張というより、苦り切った表情になっていた。辻斬りが昨夜あったばかりでは無理もなかろうか。だが、それだけではなかった。

柳生久通は冒頭に言った。

「ご老中どのは、奉行所の探索のあり方にまで口をお入れじゃ」

失態のすぐあととあっては、両町奉行は反論できなかっただろう。奉行所の者が死体の検分すらできなかったのは、今回ばかりではない。斬り口を看《み》ればどれほどの手《て》誰《だれ》か、おなじ人物かそれとも異なるのか、決め手ではないが手証《てしょう》の一端にはなる。武家地であれ寺社地であれ、辻斬りとなれば探索は町方の責任となる。犯人は町家に住んでいると思われるからだ。武家屋敷から出ているなら、探索でそれを証明し、捕縛は旗本なら目付、大名家なら大目付に委《ゆだ》ねることになる。

老中の探索手法への関与など、奉行よりも与力や同心たちのほうに、苦々しいものが走った。その空気のなかに、投げ遣《や》りな奉行の口調はつづいた。

「かの不埒《ふらち》な辻斬りについては、北町も南町も月番に関わりなく、探索に精を出せ……と、老中どのは仰《おお》せじゃ」

(ん?)

龍之助の琴線《きんせん》に響くものがあった。

うしろのほうの席からでは奉行の顔がよく見えず、声も聞き取りにくい。龍之助は膝を心持ち前にすり出し、上体もいくらか前にかたむけた。柳生久通は、松平定信の言葉として、確かに言った。

「とくに定町廻り同心においては、受持ち区域を定めて廻っておるそうじゃが、と老中どのは前置きされ、この件に関してはさような慣習はなきものとし、おのおの一丸となり、いかなる区域にもその場その時その者の判断により、迅速にどこへも踏み込み、よって成果を上げよ……とのことじゃ。さように、老中さまがのう」

座はどめいた。前面の与力たちも、互いに顔を見合わせている。まさしくきのう、龍之助が加勢充次郎に依頼した内容そのものである。屋敷で定信の上聞《じょうぶん》に達し承知を得たとしても、それが両奉行に達するまでは三、四日はかかるとみていた。

（回向院の辻斬りが効いたか）

思えてくる。

あとはよく聞き取れなかった。

「もっておのおの方、励むのじゃ」

つぎに聞こえたのは、最後の言葉のようだった。

同心溜りに引き揚げてからも、同輩たちにはさきほどの戸惑いがただよっていた。

「なあに、お奉行は現在《いま》の持場は持場として、臨機応変にとおっしゃったではないか」

「つまりだ、辻斬り犯を見つけ、追いかけるときのみでござろう」

周囲は話していた。

「ならば、そうしたときは持場を離れてもいいということですな」

「そういうことになりますなあ」

龍之助も話の輪に入り、応じたのは持場が龍之助と隣接する、山下御門外の街道筋から日本橋までを持場としている同輩だった。だが、拡大解釈は可能だ。

「そのときに、自分の持場に辻斬りが出たんじゃ目も当てられんぞ」

「あはは。さよう、さよう。さあ、今宵も参りましょう、自分の持場へ」

すぐ脇の同僚が話しながら廊下に出た。

(よし、お墨付きを得た)

龍之助もつづいた。幸橋御門外なら持場だが、これで山下御門外で犯人に縄をかけても、〝出すぎた行為〟にはならなくなる。幸橋御門から山下御門まで、外濠沿いに歩いても八丁か九丁(一粁《キロ》足らず)である。しかも山下御門は幸橋御門と異なり、御門を出るとすぐ山下町をはじめ町家が広がっている。出るとすれば、

(幸橋御門外より山下御門外)

龍之助は以前から目串《めぐし》をつけている。松平屋敷も、幸橋御門より山下御門のほうにいくらか近い。だから山下町界隈へも誰に気がねすることなく、左源太とお甲を連れて入りたかったのだ。

奉行所の正面門には、きょうも組屋敷の下男や岡っ引が群れている。

「旦那。ここでさあ」

同心詰所の中から、職人姿の左源太が出てきた。形式《かたち》ばかりに挟箱を担いだ茂市も一緒だった。

「おう、きょうも遅くなるぞ」

茂市を八丁堀の組屋敷に帰し、左源太をともない街道を京橋のほうへ向かった。橋の近くで陽は落ちたが、橋板にはまだ大八車や下駄の音が響き、街道沿いには飲食の店が軒提灯に火を入れようとしていた。左源太は腰切半纏のふところからぶら提灯を取り出し、

「ちょっとお待ちを」

近くの蕎麦《そば》屋で火を入れた。

そのまま街道を進むのではなく、新橋の手前で濠端《ほりばた》方向への枝道に入った。一帯には町家が広がり、家々の軒端《のきば》には明かりが灯りはじめている。

「へい。ご苦労さんでございます」

歩いているのが奉行所の同心と分かると往来人は道を開け、軽く会釈する。

飲食の店がならぶ箇所には武士の姿も見える。町家が御門の濠端まで迫っているのだから、幸橋御門外のように武家地で人通りの絶えるところはない。その環境は、町家《ふ》に出て更けてから御門内に帰る武士に安心感を与えるはずだ。

「すぐそこですぜ、兄イ。山下御門は」

二人の足は町家にあるが、すぐそこに山下御門の橋とその向こうに建つ城門の石垣や白壁の輪郭が、宵闇に浮かんで見える。

「この近くに、きのうの回向院の辻斬りが来てるかもしれんぞ。あはは」

「今宵からですかい、この近辺をまわるのは」

「もうまわっているじゃやねえか」

「あ、そうでやした」

左源太はまわりに目を配ったが、それらしい殺気を感じる影はなかった。

また街道に戻り、新橋を渡った。神明町までは行かず、手前の宇田川町の自身番に入った。

「これは鬼頭さまに左源太さん、お待ちしておりました」

まっさきに土間に降りて迎えたのは、宇田川屋吉兵衛だった。町役とその代理人、書役など五人ばかりが詰めていた。

「旦那、遅かったじゃありませんか」

と、お甲も来て待っていた。

「はい、旦那。これを」

脇に置いていた風呂敷包みを手渡した。節目の崩れた袴など、浪人衣装が入っている。奥の板敷きの間で着替え、おもての畳の部屋に戻ってくると、

「旦那、そのほうがお似合いですよ」

書役の年寄りが親しげに言った。かたわらで左源太が照れ笑いをしている。書役の年寄りは、街道筋で無頼を張っていたころの龍之助やその子分だった左源太をよく知っているのだ。それよりも昨夜の辻斬りが話題になった。

「凄腕で首がいずこかへすっ飛んだんですって!?」

あるじの代役で来ている手代の若い男が、興奮した口調で訊《き》いた。

「あゝ、直接見たわけじゃないが、それに間違いないらしい」

噂はもう京橋や新橋も越えて来ている。話すにも聞くにも、辻斬りの対象が武士であることに、町家の自身番ではいくらかの余裕を持っている。だが、

「そ、そんなに凄腕だったので!」

と、宇田川屋吉兵衛は身を震わせていた。

深川あたりに出まわっているという一枚物のかわら版が芝方面にもながれてきたのは、その翌日だった。まだ絵入りにはなっていない。馬子や駕籠舁き人足や行商人な

どが、町の話題として伝える。文面は回向院門前町の住人から聞いたのか、あるいはその町の与太が幾人か組んだのか、

——またも出ました、お武家ばかりを狙う凄腕辻斬り、こたびは回向院の裏手。四百石の旗本、刀に手もつけぬまま瞬時に首が胴から離れ……

二十間（およそ三十六米《メートル》）も先にすっ飛んだというのは大げさにしても、現場の状況が詳しく説明され、犯人を非難するよりも殺された武士を揶揄《やゆ》するような内容であった。二番煎じ、三番煎じが絵入りで売り出したなら、かなり凄惨な絵となり、見た者は秘かに溜飲を下げるかもしれない。

二日後、実際にそれが出た。

「あっしじゃねえですよ」

と、伊三次は言っていたが、その何枚かが神明町にもながれてきていた。四百石の旗本で〝鉄砲簞笥《たんす》奉行〟と、名こそ伏してあったが役職が書かれている。名を伏したのは奉行所に引かれたときの言い逃れのためであろうが、見る者が見ればその名は分かる。なるほど松平定信が一介の町方同心の〝頼み〟をただちに両町奉行に下知した素早さを、左源太もお甲も解した。簞笥とは家具ではない。火薬を厳重に保管する箱や倉のことだ。武器を扱う将軍家武士団の頭《かしら》が刀に手をかけることもなく、首と胴を

斬り離されたのだ。平時において、柳営の武威をこれほど失墜させるものはない。

――市中の流言蜚語《ひご》、厳重に取り締まれ
老中から、あらためて両町奉行所に下知があった。

北町奉行所の同心溜りでも、当然それは話題になった。

「そりゃあ鉄砲さんの首と胴が離れたのだから、町家のかわら版には格好の材料さ」

言ったのは、深川を受持ち区域とし、役人のなかでは最初に回向院裏手に駈けつけた同心だった。

「旗本だって大名家だって、話題の第一の材料ですよ」

「そうそう」

と、周囲が相槌を入れるなかに、件《くだん》の同心はさらにつづけた。かわら版が一番多く出まわっているのは、当然現場の深川一帯なのだ。

「売り手はなかなか巧妙でしてなあ、見つけてもちょいと路地を抜けてまた売ってござる。ありゃあなかなか捕まえられませんよ」

つまり取り締まるふりをして、取り締まっていない。同心はあの日の、辻番小屋の足軽たちの高飛車な態度に怒りを覚え、いまなお腹に据えかねているようだ。龍之助も内心、頷いていた。あのときの足軽どものようすは、松平家の倉石俊造に輪をかけたような勢いだった。

「あはは、そうですなあ。当方もですよ」

年末に辻斬りのあった四ツ谷界隈を持場にしている同心が相槌を入れた。似たような体験をしたのだろう。神明町でも売っているのを、龍之助は知っている。しかも売り子は大松一家の若い衆たちだ。版元から売りを請負ったようだ。

「――神明さんの本通りはいけねえぜ。脇道でナ」

龍之助は言ったものだった。

同心溜りで、同輩たちの話を聞きながら龍之助は、三十歳とまだ若く、話に聞いた〝面長に鼻筋が通って頬がこけ、生真面目と神経質を同居させたような〟顔相の松平定信が、歯ぎしりしているようすを目に浮かべた。かわら版はますます広く、武家地にまで出まわりはじめているのだ。

四

左源太は昼間、神明町の長屋でおもての仕事として、神明宮名物の千木筥《ちぎばこ》の薄板削りをしているが、夕刻ともなれば、

「おう、行くぜ」

石段下の割烹紅亭《かっぽうべにてい》の裏手からお甲を誘い、宇田川町の自身番に向かう。

「兄《あに》さん、なにやってんの。早く」

と、お甲のほうから長屋の腰高障子を開けることもある。

それがもう幾日つづいたろうか。龍之助の詰所が神明町の割烹や茶店の紅亭から宇田川町の自身番に移ってしまったことに、大松一家の伊三次は残念そうに、

「――なあ、左源太さんにお甲さんよ。大松《うち》でなにか手伝えることはねえかい」

訊いていたが、

「――ありがてえが、こたびばかりはなあ」

辞退し、左源太とお甲はそのたびに申しわけなさそうな顔をつくっていた。その理由を、左源太もお甲も知っている。だから、毎日ただ夜の町をぶらついているような単調な見まわりにも、宇田川町の自身番を出たときにはブルルと緊張に身が震えるのだった。

左源太はいつもの職人姿で、お甲は町娘風で、龍之助は筋目の崩れた袴で浪人風体を扮える。粋な小銀杏《こしら》の髷はいくらか崩し、いささかだらしなく見せている。

幸橋御門外では、ときおり倉石俊造の率いる武骨な一群と出会った。出会うのは毎

日のことで、いくつもの弓張提灯をこれ見よがしにかざしているので遠くからでも分かり、龍之助たちのほうから身を隠しているのだ。出会うのは龍之助たちが故意に偶然を装ったときで、そのたびに倉石俊造は、

「ありがたいが、この一帯は武家地ゆえ」

「頼もしい限りでござる」

龍之助は辞を低くして引き下がり、本命の山下御門のほうへ向かう。倉石はお家への忠義を精一杯に示しているのだ。

「ケッ、あの組頭め。探索のイロハも知らねえぜ」

「そうよ、そうよ」

と、スゴスゴと引き下がる龍之助に、左源太もお甲も不満を隠さない。だが、龍之助は言っていた。

「あはは。あの組頭が幸橋で派手にやってくれるから、俺たちはますます山下町に専念できるんじゃねえか」

山下御門外にも、松平家の足軽の一群は出ている。だが、こちらの組頭は要領がいというか、配下の足軽たちにたっぷりと休養をとらせている。ほとんど山下御門の詰所に待機し、ときおり橋を渡って町家のほうへ隊列を組む程度だ。

どの城門も日の出の明け六ツに開かれ、日の入りの暮れ六ツに閉じられる。内濠の城門はともかく、外濠の城門まで厳格にしたのでは、城内の屋敷に居住している者にとって不便なことこの上なくなる。屋敷の修理普請に入っていた大工や、つい屋敷の使用人たちと話がはずんでしまった小間物屋や貸本屋など、城外に出られなくなってしまう。そこは理由さえたてば門番は耳門《くぐりもん》を開けてくれる。外から帰ってきた場合もしかりだ。遊びで遅くなるだけでなく、実際にお家の所用で日の入りまでに戻れなくなることはよくあるのだ。

だが、松平屋敷ではあるじの定信から、理由の如何《いかん》を問わず帰宅時間厳守のお達しが出ている。町々の木戸が閉じる夜四ツ（およそ午後十時）まで松平家の足軽が御門外を巡回しているのは、掟《おきて》を破る者がいることを前提としている。実際、足軽大番《おおばん》頭《がしら》の加勢充次郎も、龍之助と甲州屋で談合し、日の入りを過ぎてから帰ったことも幾度かある。だが山下御門外を受持っている組頭は、

「――なあに、殿のご下命に背《そむ》く者などいるもんかね」

と、これまた殿への忠義の篤《あつ》さを口にしている。それでも弓張提灯と六尺棒の一群がときおり橋を渡って山下町の界隈を一巡するのは、役務への形をつくるためだ。

最も熱心に巡回しているのは、龍之助と左源太、お甲の三人である。

「兄イ。俺たちゃこの町で、すっかりお馴染みさんになっちまったぜ」

左源太は言っていた。浪人と職人と町娘の奇妙な取り合わせが、そのつど入る店を変えても毎日ではつい常連さんのようにもなる。この方面を持場としている同心は、特に山下町に警戒を絞っているわけではないので、出会うことはなかった。龍之助が無頼を張っていたころ、こちらの方面は縄張ではなかったので顔を知られておらず、神明町の賭場に遊んだ者がいたとしても、清楚な町娘になっているお甲には気づくまい。妖艶で敏腕の壺振りのお姐さんとに、まるで雰囲気が異なるのだ。

一時は江戸中の秘かな話題となった回向院の一件が、かなり下火になった如月《きさらぎ》（二月）の下旬、あと数日で弥生《やよい》（三月）になるという一日、龍之助はこの日も夕刻近くに奉行所から宇田川町の自身番に向かった。いまでは浪人衣装はそこに置いている。龍之助が宇田川町の自身番を詰所にしてから、宇田川屋吉兵衛だけでなく甲州屋右左《うさ》次郎《じろう》もよく自身番に詰めるようになっていた。宇田川町で自身番を支えている町役たちは言っていた。

「――頼りになるだけでなく、ほんに世話のかからないお役人ですわい」

フラリと来て浪人姿に着替え、待ち合わせていた左源太とお甲を連れて出ていくだけなのだ。接待など必要としない。夕食などは山下町で摂《と》っている。龍之助たちにすれば、少しでも多く山下町で時間を過ごしたいのだ。

いつも来るお甲については、

「――あはは。辻斬りは武士だけを狙い、若い娘を連れておれば、それだけで辻斬り除けになるからなあ」

などと言っていた。もちろん神明町に隣接する宇田川町なら、お甲が大松一家の賭場の女壺振りであることを知っている。ということは、大松一家が後押しをしていることをそこから感じ取り、

「――お甲さん、あんたも大変じゃねえ。ありがたいことだ」

宇田川町の町役たちは心底から言っている。実際にお甲は大変だった。深夜に見まわりから帰ると、左源太は長屋でゴロンと横になって寝てしまうが、お甲はそのままい、もみじ屋に行って壺を振ることもあるのだ。

龍之助が同心姿のまま、街道の新橋を渡りかけたときだった。

職人姿の左源太が前方から手を振り走り込んできた。

「旦那っ、旦那！」

（幸橋御門外に異変！）

龍之助は一瞬思ったが、陽はまだ沈んでいない。辻斬りが出るには早すぎる。

「どうした」

「それらしいのが」

橋の上である。大八車や下駄の音がけたたましく、大きな声でも他に聞かれる心配はない。

「それらしいのが、いま茶店の紅亭に来ておりやす」

「なに！」

足は新橋を渡り騒音はなくなった。歩を進めながら、左源太は低声《こごえ》になる。

陽が西の空にかなり低くなった時分だという。龍之助が北町奉行所を出たころだ。占い信兵衛が、台の前を通りかかった精悍そうな武士に、

「――看《み》て進ぜよう」

声をかけた。武士は立ちどまり、

「――きょうのこれからの運勢を看てもらおうか。明日はいらん」

と、奇妙なことを言ったという。

武士はそのあと、神明宮の石段を上がり、参拝をしてまた引き返してきて、いま茶店の紅亭の縁台に腰かけているという。

このあいだに、信兵衛は長屋に走った。おなじ長屋で左源太が千木筥《ちぎばこ》の薄板を削っ

ている。

「信兵衛が知らせて来たんでさあ。兄イが言ってた侍《さむらい》が来たって」

「えっ！」

瞬時、龍之助の心ノ臓が高鳴った。回向院のあと、龍之助は左源太とお甲、さらに占い信兵衛に言っていた。

「――身形《みなり》はととのっていても、足は草履《ぞうり》ではなく草鞋《わらじ》で、しかも紐できつく結んでいる侍を見かけたなら、すぐ知らせよ」

龍之助が回向院の門前町での聞き込みに、犯人の足音の有無に意を払ったのはそこにあった。草履は速い動きに適さない。脱いで足袋跣《たびはだし》になったのかとも想像したが、犯人は瞬時に斬って素早く逃げ去っている。脱いだ草履を回収する、

（余裕はなかったはず）

ふところに入れたなら激しい動きに、

（落とせば手証を遺《のこ》すことになる）

犯人はこれまで、なに一つ手証は遺していないのだ。

ならば考えられるのは一つ……見かけは禄を食《は》む武士だが、とっさの動きが可能な足拵《あしごしら》えで出歩いている者……旅用の紐つき草鞋である。

「お甲はどうしている」

「茶店紅亭の奥の部屋に入ってまさあ」

「よし。俺は宇田川町の自身番で着替え、石段下の紅亭で待つ。おまえは大松の弥五郎に言って、茶店の紅亭はその者が腰を上げるまで暖簾を降ろすな、必要ならば灯りも入れろと頼むのだ。奔《はし》れ」

「がってん」

職人姿の左源太はいま来た道を返した。街道は一日の終わりに向け、あわただしくなりはじめた時分である。馬も人も長く落とした影がせわしなく動き、そのなかに職人姿が走っても違和感はない。龍之助も着流しの裾をちょいとつまみ、急いだ。

草鞋を足に結んだ武士は、時間をつぶすかのように、ゆっくりと団子を口に運び、茶を飲む動作もゆったりとしている。しかしその挙措《きょそ》には威厳があり、明らかに鍛錬を積んだ武士のものだ。ただ、袴も羽織も旅支度ではないのに足だけが草鞋というのは異様だ。しかし、あわただしい街道でそこに気づく者はいない。占い信兵衛が気づいたのは、龍之助に言われていたからだ。その武士は街道のながれを感慨深げに見つめている。他に客は中間を連れた武士が一人、中間はあるじが飲み終わるのを、かたわらで地面に片膝をついて待っている。さらに中年の町家の女房風と若い娘が腰を下ろしている。母娘のようで、参詣の帰りか楽しそうに茶を飲んでいる。

陽が落ちた。街道の動きが一段と激しくなったようだ。

「御免」

中間を連れた武士は、草鞋の武士に軽く会釈をし、腰を上げた。草鞋の武士は軽い会釈を返し、母娘と思われる二人も、

「お勘定を」

茶汲み女に声をかけ、立った。

草鞋の武士はまだ立とうとしない。いつもなら、茶汲み女が腰の重い客を追い出すように暖簾を降ろしにかかるが、その気配はない。大松の弥五郎からの指示がうまくいっているようだ。この時分、板敷きの入れ込みの席に客はいない。いるのは奥の畳の部屋だけで、お甲一人だ。ときおり板戸のすき間から顔をのぞかせ、件《くだん》の武士がまだおもての縁台に座っているのを確かめている。

「兄イ。そろそろですぜ」

左源太が割烹の紅亭に龍之助を呼びに来た。部屋で、大松の弥五郎が一緒だった。

「ほんとうにいいんですかい。人数を出さなくても」

「あゝ。場所は新橋の向こうだ。この町の若い衆《の》が出張ったら、かえって面倒になる

だろう」

「ま、そりゃそうでやすが」

話していた。

左源太にうながされ、

「それじゃ、悪いが」

龍之助は腰を上げ、割烹の紅亭を出た。浪人姿だ。神明町の通りはちょうど客筋の色合いが、参詣人から遊び客に入れ代わろうとしているときだ。そのなかに龍之助と左源太は歩を踏み、街道のほうへ向かった。

占い信兵衛が台をかたづけていた。

「いるかい」

「あゝ。ほら、そこに」

龍之助の問いに信兵衛は応えた。街道は目の前で、軒端《のきば》の角を曲がれば〝氏子中〟の幟《のぼり》が立ち、紅亭の縁台はそこにある。

「そうか」

左源太は応え、そっと角から首を出し、すぐ引っこめると、

「あのお侍、立ちやしたぜ」

「よし。それでよい」

龍之助は返した。背後の神明町の通りには、軒提灯に灯りが点《つ》きはじめた。茶店の紅亭も気を利かし軒提灯に火を入れた。

「ほう。さすがは街道の茶店、まだ商《あきな》うか」

草鞋の武士は代金を縁台に置くと、

「またのお越しを」

茶汲み女の声を背に、ゆっくりと街道を宇田川町のほうへ向かった。

暖簾の中からお甲が出てきて、五間（およそ九米《メートル》）ほどうしろに尾《つ》いた。まだ早いが、手には火を入れたぶら提灯を持っている。足には武士とおなじように、草鞋の紐をきつく結んでいる。街道にはさきほどのあわただしさは消え、目に見えて人の影は減っている。

いくらか間を置き、左源太が街道に出た。紐つきの足袋《たび》である甲懸《こうがけ》をはいている。職人姿なら雪駄《せった》よりかえってそのほうが自然で、大工か左官職のように見える。火の入ったぶら提灯を茶汲み女から受け取り、これまたお甲の五間ほどうしろに尾いた。

龍之助はまだ街道の手前にいる。占い信兵衛が商売道具をかたづけ終わった。

「信兵衛、よく知らせてくれた。で、あの侍にどのような卦《け》を立てた」

「へえ。きょうの運勢をなんて言うもんですから、博打《ばくち》かなにかかと思い、願いの叶うこと間違いなし、と」

「ほう。気の利いた卦を出してくれたな」

「へえ。あっしも商売ですから」

龍之助は信兵衛の声をあとに、角を曲がった。茶店を預かっている老爺《おやじ》が、龍之助にもぶら提灯を用意していた。すべてお甲が老爺に頼んでいたことだ。

龍之助もまた左源太の五間ほどうしろに尾いた。あたりはすでに薄暗く、この三人以外にも提灯を手にしている往来人が出はじめている。

草鞋の武士は提灯を持たず、宇田川町を過ぎ、明らかに新橋のほうへ向かっている。橋を越えれば、山下町は近い。

五

帰りが遅くなった大八車か、新橋の橋板に大きな音を響かせ、お甲を追い越した。まばらになった人影は、すでにほとんどが提灯を手にしている。お甲がうしろに向かって提灯を振った。左源太はそれに応え、おなじように龍之助に合図を送った。それぞれが足を速め、間合いをつめた。弥生に近いとはいえ、陽が落ちれば暮れなずむことなく、かなりの速足で宵闇があたりを包む。先頭の草鞋の武士は灯りを持っておらず、五間ほどもあいだを開けていたのでは見失いかねない。

新橋を越え、四間、三間と間合いをつめるなかに、お甲が立ちどまり、また提灯を振った。合図はさきほどとおなじ順序を経て龍之助は走った。

すでに龍之助からはむろん、左源太からも草鞋の武士のうしろ影は見えなくなっている。武士は、街道から枝道に入ったのだ。三人とも、連日この一帯にくまなく歩を運んでおり、どの路地を抜ければどの枝道に出るかまで熟知している。草鞋の武士が入った枝道は、むろん山下町にもつづく道筋だった。

街道の角にお甲は立っていた。左源太が追いつくと、お甲はまた速足になり、枝道に踏み入った。すぐに左源太はつづき、その間隔はわずか二間（三、四米）にも満たなくなった。龍之助はさらに左源太との間合いをつめた。往還の軒端にときおり灯りが洩れ、飲食の店では軒提灯を出しているので、そこに草鞋の武士の肩が浮かんではまた消える。武士の向かいに提灯の灯りが揺れている。下駄をはいた女で、前掛をしている。近所の町家の女房か、その足音が龍之助にまで聞こえる。女は警戒したようすもなく、ごく自然に道を開け、武士に軽く会釈をしてすれ違った。町人が往還で武士に出会ったときの、ごく自然な作法だ。それほど草鞋の武士は身形《みなり》がととのってお り、誰に訝《いぶか》られることもないのだ。お甲とすれ違い、さらに左源太ともすれ違い、浪人姿の龍之助とすれ違うとき、女はいくらか警戒したように軒端へ身を寄せ、すれ違うとき、ホッとしたようすを示し、振り返ったのを龍之助は感じた。

（なるほど）

龍之助はあらためて草鞋の武士の、町の風景に溶け込む術《すべ》の巧みさに感心した。さきほどすれ違った女もそうだったが、行きずりの相手の履物に注意を向ける者などいないのだ。

草鞋の武士をはじめ、それら足音のない一連の動きはすでに街道を離れ、町家の脇道を一歩一歩と山下町に近づいている。

脇道を幾度か曲がり、山下町に入った。草鞋の武士はゆっくりとだが迷うようすもなく、目的地があるように歩を進めている。事前に下調べをしていたようだ。占い信兵衛は、自分の知らせがこんな重大事に結びついているなどまったく知らず、いまごろはもう長屋でゴロリと横になっているころだろう。

ふたたび角を曲がろうとしたとき、お甲が一歩身を引き、動きをとめ、提灯の火を吹き消した。

「どうした」

「火を」

近づいた左源太に、お甲は押し殺した声で言った。そこはもう山下町だ。

「おう」

言われるまま左源太は火を消し、それを見た龍之助も吹き消し、お甲と左源太の身を潜めたところに近づいた。一帯の地形が龍之助の脳裡に浮かんだ。お甲が一歩引いた角から首を伸ばせば、路地の前方にいくらか広い往還が東西に延びている。山下御門から街道に延びる往還である。その往還の角に、草鞋の武士は身を潜めたのだ。

「あそこに」

お甲は手で示し、

「壁に張りついています」

暗くて見えない。だがお甲は、武士が壁に身を寄せるのを見ている。そのあと、動きが感じられない。武士はそこにいるのだ。

（やはり）

龍之助には、このあとの動きが見えてきた。松平家の家士を狙っている。だが、定信の下知が効いて家士は出てこない。

(ならば)

草鞋の武士は標的を変更した。

(見まわりに出ている足軽、それも組頭)

歴とした家士である。

幸橋方面に出張っている倉石俊造は、命拾いをしたことになろうか。というより、その派手な警備ぶりで、みずからを救ったことにもなる。辻斬りに狙われやすいのは、ほろ酔い機嫌かぼーっと無防備で歩いている時だ。常に構えている者は、不意打ちでも失敗する可能性が高く、逆に返り討ちにも遭いかねない。それに武家地では、人通りはないが身を隠すのに不便で、見つかれば言い逃れは困難だ。ならばすこし人通りがあっても、身を隠すのに至便な山下町となる。しかも見まわりが通り一遍のものであれば、隙も多い。

(きっと山下御門付近に出る)

龍之助の確信はいま、現実となって展開しようとしている。

不意打ちの一撃で組頭を斃《たお》し、必要ならば配下の足軽二、三人も斬り伏せようか。あとは逃げる。方法も回向院裏手でのように、そのまま走り抜ける。そのときの向きが幸橋御門のほうであろうが街道方面であろうが、逃げ込む脇道は武家地とは違いいくらでもある。それも、来た方向に逃げ堀割を渡る。いくつもある脇道を方角の感覚さえ失わねば、必ず堀割に出る。しかも橋は、新橋だけではない。堀割を越えれば、松平家足軽衆の巡回も別の組なら、町方同心の受持ちも異なることは、とっくに調べていよう。武家社会で持場が違えば指揮系統の乱れることを、武士ならよく知っているはずだ。ただ草鞋の武士は、町方が持場越え御免で動いていることを知らない。龍之助の動きは自在なのだ。

「よし、左源太にお甲」

二人は緊張した。一瞬、

（いまここで捕縛）

思ったのだ。だが、そうではなかった。

「殺《や》らせよう、ここで。悲願であったはずだ。しかし、許せない」

「兄イ！」

「龍之助さま！」

二人とも腹から絞り出したような、押し殺した声だった。両名とも、それが龍之助の苦渋の選択であることを感じ取っている。達成には、三人の呼吸がピタリと合わねばならないことも心得ている。

ときおり草鞋の武士の肩が壁から離れ、山下御門前から街道に向かっている往還に乗り出す。そのたびに龍之助や左源太の目にも、そこに人の潜んでいることが確認できる。武士は山下御門からの往還に神経を集中しているせいか、背後に自分を見つめる目のあることに気づいていない。前面の往還に幾度か提灯の灯りが揺れ、武士の潜むすぐ前を通り過ぎたが、人の気配にまったく気づかないようだ。

前方の往還に明るさが射した。幾つもの提灯の灯りだ。

三人は緊張した。すなわち、足軽の群れだ。組頭は羽織・袴に両刀を帯びており、配下の足軽たちも刀は大小二本だが腰切の着物で足には脚絆《きゃはん》を巻き、脛《すね》まで隠れるほどの木綿の長羽織を着込んでいる。それらの違いを自分たちの弓張提灯で照らし出していてくれるから、どれが組頭かは容易に見分けがつく。

明かりは街道の方角から感じられる。お決まりの見まわりを終え、いま山下御門に戻るところのようだ。龍之助たちのいる脇道の奥からはまだ死角で見えないが、明かりはしだいに強くなり、草鞋の武士が潜む角に近づいているのが分かる。

草鞋の武士の影が見えた。壁を離れたのだ。身構えている。

(飛び出すぞ、いまか)

背後の三人は感じ取り、

「行け、ゆるりと」

龍之助の低い声に、左源太は一歩二歩と前に歩み出た。山中で分銅縄を手に、鹿にジリジリと迫ったときの感覚である。その気配に、武士は気づかない。

武士は飛び出た。無言だった。左源太も無言で走った。

「おぉおぉぉ」

山下御門からの往還に狼狽《ろうばい》の声が上がる。無理もない。眼前の脇から袴の股立《ももだ》ちを取り抜刀した武士が、突然飛び出してきたのだ。組頭は先頭だった。背後に足軽が十人ばかり、

「辻斬りっ」

六尺棒を構えようとしたとき、

「うぐーっ」

組頭は真正面から勢いのついた刀で胴を撫で斬りにされ、血潮とともに地へぶっ倒れた。即死のようだ。やはり刀に手をかける間もなかった。

「くみ、くみがしらーっ」

足軽の驚愕した声に、

「じゃまだっ」

　草鞋の武士は初めて声を発した。同時だった。足軽は六尺棒もろとも正面から逆げさ斬りを受け、

「うーっ」

　血を噴き、一、二歩よろめくなり地に崩れ落ちた。

「おぉ、大丈夫か！」

「逃げたぞ。そこの路地だっ」

「組頭どのーっ」

　声が飛び交う。差配を喪《うしな》い、統率はすでに乱れている。

　左源太も往還に飛び出ていた。草鞋の武士が二人を斬り、脇の路地に飛び込むのまでを確認するなり、もと出た路地に駈け込み手を振った。奥には龍之助とお甲がいる。

二人から左源太の影は、足軽たちの弓張提灯の灯りで視認できる。

「おう」

　龍之助は惨劇の往還に背を向け走った。来た道、堀割への方向である。予測したとおりに事態は進んでいる。脳裡はすでに、草鞋の武士がどの橋を渡るかも察した。

「兄《あに》さん！」

「おう、あっちだ」

お甲は着物の裾を割り、たくし上げている。やはり背後へ左源太と一緒に走った。目の前の路地と路地が交差しているところに弓張提灯の灯りが走った。

「たーっ」

左源太が手にしていた分銅縄を投げた。二、三間（四〜五米）の距離だ。

「うわーっ」

足をもつらせ顚倒した足軽に、もう一人、

「どうしたぁ。えぇぇ、おっとっと」

奇妙な悲鳴を上げて転げ込んだ。二打目の分銅縄だ。

そこへなんと、

「きゃー」

お甲が悲鳴を上げ駈け寄った。路地にはすでに住人たちが出ている。

「大丈夫ですかあ」

お甲は走り込み、野次馬のふりをして素早く二本の分銅縄を回収し、出てきた住人たちのなかに紛れ込んだ。

「お甲、こっちだっ」

堀割の方向に走った。

顚倒した二人の足軽は、何が足にからんだのかつまずいたのか、あとになっても分からないだろう。その二人のすぐうしろにあと二、三人の足軽が、

「こっちかあ、逃げたのは！」

六尺棒をかざし走ってきたが、顚倒した二人と群がる住人たちに路地は塞《ふさ》がれ、すでに追いかける間合いを失っている。山下御門からの往還には人だかりができ、残った四、五人の足軽は組頭と朋輩一人の介抱に、といってもすでに息絶えており、ただうろたえるばかりで犯人を追うなど思いの外《ほか》であった。

山下御門でも町家の騒ぎに気づいたか、門番が数人走り出てきた。このあと知らせはすぐ松平屋敷に走り、城門は開き、松平家の家士たちが走り出てくるだろう。

六

新橋の下を流れる堀割は、江戸城外濠《そとぼり》の幸橋御門のところから分岐し、江戸湾に流れ込んでいる。その幸橋と新橋の中ほどに中ノ橋が架かっている。

龍之助はいま、その中ノ橋を走り渡ったところだ。そこはもう元来の龍之助の持場であり、松平家では倉石俊造が警備の範囲としているところだ。まだ山下町の騒ぎは

伝わってきていない。一帯は闇で、堀割の水音が聞こえる。

その静寂に、すぐ背後に走ってくる人の気配を感じた。龍之助は素早く橋のたもとに身を隠した。橋の上に、走る者の影がかすかに見えた。草鞋とはいえ橋板に足音も聞こえる。

渡りきった。

「ふーっ」

影は立ちどまり、一息ついた。橋のたもとは、新橋の街道筋のながれでまだ町家がつづいているが、それらの家々に明かりはない。もう寝静まっている。

草鞋の武士にしては仰天すべきことだったろう。

「お気が済まれたか」

渡りきったところで、不意に低い声をかけられたのだ。

見ると、橋のたもとに人影……浪人のようだ。

とっさに身構え、

「何奴《なにやつ》！」

「失礼ながら、神明町の茶店より、貴殿を尾けておりもうした」

「ううっ」

草鞋の武士が呻《うめ》いたのは、尾けられていたことだけではなく、中ノ橋の上に、退路を絶つように二つの影が立ったからでもあった。

「兄イ。首尾は、上々でさあ」

「もう、追っ手は来ませぬ」

いくぶん荒い息の男の声に、女の声がつづいた。

「……………」

思考の混乱に声も失った対手《あいて》へ、

「貴殿、元相良《さがら》藩田沼《たぬま》家浪人とお見受けいたす。いかがか」

「うっ」

武士は呻いた。図星を突かれたのだ。龍之助はその反応を慥《しか》と感じた。

武士は闇のなかに、対面している者を確かめようと目を凝らした。龍之助はこのわずかな時間を得るために、左源太とお甲のみをともない、終始行動してきたのだ。

田沼意次は失脚後、相良藩五万七千石を召し上げられ、孫の田沼意明《おきあき》に陸奥下村《むつしもむら》藩一万石に家系を残すのを許されたのみである。本郷弓町《ほんごうゆみちょう》の上屋敷も日本橋浜町《はまちょう》の中屋敷も明け渡し、残ったのは蠣殻町《かきがらちょう》の下屋敷のみで、意次はいま、そこに蟄居《ちっきょ》の身となっている。当然、田沼家の多くの家臣が禄を失い、浪人となり路頭に迷うところ

となった。そのなかの一人、あるいは数人、

（松平定信に、一矢報いようと……）

龍之助は目串をつけたのだ。

対峙している時間が長く感じられる。

「貴殿は」

ようやく草鞋の武士は、輪郭しか見えない対手に問いを投げた。落ち着いた口調になっていた。だが、手は刀の柄にかけたままだ。龍之助も柄から手を離していない。背後のお甲も手裏剣を手にしたままで、左源太も分銅縄を手に、即座に反動をつけられる態勢を崩していない。

「町方の者でござる」

「なに！」

武士は一歩踏み出そうとした。

「待たれよ。いくつかの疑念にお答え願いたい、田沼の殿さまのためにも」

「うっ？」

武士は刀の柄に手をあてたまま、動きをとめた。

「安心なされよ。それがし、蠣殻町の屋敷に出入りのある者にござる。いまなお、殿

へのご機嫌伺いは欠かしておらぬ。背後の二人ものう」

「うっ。そうであったか」

草鞋の武士はわずかに背後をふり返り、影がなお二つ立っているのを確かめた。大名家が町方に役中頼みを届け、与力や同心の幾人かを手なずけているのは、この武士も知っているようだ。

「ここでは闇とはいえ、人目につくかもしれぬ。こちらへ」

龍之助は武士に背を向け、橋からいくらか離れた堀割の淵に寄った。武士は無言で随《したが》った。が、手はまだ刀の柄から離れていない。左源太とお甲も、すぐに打ち込める態勢のままつづいた。だが、その警戒は武士に対してではない。周囲の闇に対してである。一帯は町家であり、それに倉石俊造の一群が弓張提灯をかざして見まわりに来ぬとも限らない。

龍之助はふり返った。

「これまで、松平家の家臣でない者を幾人も狙われたは貴殿か」

「むむ……さよう」

「何故《なにゆえ》」

「きょうのための、目くらまし……ただ」

「ただ？」

「足軽の組頭ごときしか狙えなかったのが無念」

最初から松平家の家臣を狙うと、すぐに元田沼家の家臣と分かるだろう。それの目くらましに、関係のない、どこの藩士とも旗本とも分からぬ者を……。

「許せぬ」

「分かっておりもうす」

「せめて、訊きたい」

「答えよう」

武士の手は、まだ刀の柄にかかっている。しかし龍之助は、そこに警戒の意識を持たなかった。武士から龍之助への殺気が……感じられないのだ。むしろ、

（この仁、間違いなく武士）

覚えるものがあった。

龍之助は問うた。

「お仲間、いや、同志のお方はほかに」

「おらぬ。すべてそれがし一人にて、槍突きは迷惑な存在でござった」

「さもありなんか」

龍之助は頷き、

「回向院で襲われたは、柳営の鉄砲簞笥奉行でござった。貴殿が狙うには当たらずとも遠からず。承知の上でござったか」

「いかにも。あの者、面識がありもうした。幕臣としてわが殿に仕えながら、柳営が変われば手の平を返したごとく松平に……」

「さような者は、あの御仁だけではない。他にも数多《あまた》ござるぞ」

「分かっておりもうす。それ故《ゆえ》になお……」

「見さかいもなく、この世のものすべてが憎いと感じられたか」

「…………」

闇のなかに堀割の水音が聞こえる。中ノ橋の向こうにも、山下町の騒ぎはまだ伝わってきていない。左源太もお甲も、固唾《かたず》を呑む思いで龍之助と武士との、低く這う声に聞き耳をたてている。

龍之助の押し殺した声は、なおも闇に這《は》った。

「それがし役務上、貴殿を捕らえねばならぬ。だが……忍びぬ。いかがなされる」

武士はいま対峙する町方の意志を覚《さと》ったようだ。

「それがし、禄を離れても武士は武士。貴殿の名は」

「北町奉行所同心、鬼頭龍之助。それなるは、岡っ引の左源太にお甲ともうす」

「ふむ。鬼頭どのに左源太、お甲でござるな。それがしは……」

「待たれよ」

龍之助はその者の言葉を制し、

「聞けばそれがし、奉行所の留書《とどめかき》に記載せねばならぬ。蠣殻町の御為《おんため》にならぬ」

「ふむ。鬼頭どのの御厚意、ありがたく思いますぞ！」

声が大きく明瞭になり、さらに、

「御免！」

刀の柄にかけていた手が動いた。小柄《こづか》を抜き取ったのだ。素早かった。左手で右手首を支えるなり、

「それがし、田沼家鉄砲奉行、関根寛輔《せきねかんすけ》！」

名乗った。声は、堀割の水音とともに、なおも聞こえた。

「情けなや。吾《われ》でわが身を、律することができなんだ。鬼頭どのと申されたか。わしはきょうのこの日を待っておった」

言うなり、

「ううっ」

首筋を右横から前にかけ深くえぐるように斬り裂いた。

「おぉ」

龍之助は血潮を避け、

「関根どの！」

横合いから身を支えようとしたとき、武士は血潮の反動を受けたかに身を反《そ》らせ地に崩れ墜《お》ちた。

「兄イ！」

「龍之助さま！」

予測していたこととはいえ、それを目《ま》の当たりにしてはやはり非難が出てくる。防ごうと思えば防げたのだ。

龍之助は崩れ墜ちた死体に合掌し、言った。

「見事な自裁《じさい》であった」

全身から絞り出すような声だった。

「へえ」

「あたしも、そのように」

瞬時の非難は消え、左源太もお甲も頷いた。

「さあ、次だぞ！」

「へいっ」

左源太は武家地のほうへ走り、龍之助とお甲は宇田川町の自身番に急いだ。

武家地へ走った左源太は、すぐに弓張提灯の列を見つけた。山下御門のようにときおり見まわりに出るのではなく、倉石俊造の率いる一群は常に幸橋御門の武家地一帯をまわっている。

だが左源太は、すぐには声をかけなかった。ころあいを見計らっているのだ。龍之助が自身番に走り、ふたたび現場に戻ってくる間合いである。

龍之助のなすべきことは、むしろこれからなのだ。

左源太は弓張提灯の列のあとに間合いを取り、甲懸《こうがけ》の足音を忍ばせた。これほど尾けやすい相手はいない。何度か角を曲がり、

（よし、もういいだろう）

判断し、

「おぉお、松平家の倉石さまーっ」

いきなり大声を出し、走った。愛宕山下《あたごやました》の大名小路に近い白壁の往還だった。

「ん？」

弓張提灯の一群は振り返り、身構えた。

「倉石さまっ」

「おっ。おまえは鬼頭どのの岡っ引ではないか。いかがした」

倉石俊造は走り寄ってきた左源太に目を凝らした。いくつもの弓張提灯の灯りが、職人姿に甲懸の左源太を照らした。

「へい、申し上げます。いましがた、新橋向こうの自身番より、辻斬りが出たと、こちらの自身番に知らせがあり、あっしは鬼頭の旦那に、すぐ倉石さまにお知らせしろと言われ、走ってまいった次第でござりまするうっ」

さも息せき切ったように告げた。

「なに！　して、鬼頭どのは！」

「へい。堀割のこちらへ逃げ込んでは一大事と、新橋のほうへ走りましたでござりまするう」

「なに！　新橋？　堀割は長いぞ。他にも橋が！　よしっ、行くぞっ」

「おーっ」

一群は走り出し、左源太はそこにつづいた。

三　意次危篤

一

その第一報は、まだ幸橋《さいわいばし》御門内の松平屋敷に入っていない。この時刻、あるじの定信《さだのぶ》はまだ起きていて、江戸次席家老の犬垣伝左衛門《いぬがきでんざえもん》と足軽大番頭《おおばんがしら》の加勢充次郎《かせみつじろう》を奥の部屋に召し、

「よいか。なんとしてでも生け捕りにし、いずれの者かを吐かせるのじゃぞ」

下知《げじ》していた。

山下御門からの知らせが入り、定信は急遽、この二人を部屋に呼んだのだ。屋敷内では、あちこちの部屋で一度消した行灯《あんどん》がふたたび灯《とも》され、あわただしい動きを見せている。そこへ幸橋御門からの報が入るまでは、いましばらく待たねばならない。

倉石俊造《くらいししゅんぞう》に率いられた六尺棒の一群は、幸橋御門の近くから堀割《ほりわり》の往還に入り、走っていた。昼間なら橋はすぐそこに見えるが、提灯の灯りだけでは見えない。左《さ》源太《げんた》は、

「中ノ橋じゃ」

(倉石さんよお、早く見つけなせえ)

念じながら、一群のあとに尾《つ》いている。

橋の輪郭が弓張提灯《ゆみはりちょうちん》の灯りに浮かんだ。

一群はとまった。倉石は対岸のほうに目を凝らし、

「なんの気配もしないが……。岡っ引、辻斬りの知らせは確かなんだろうなあ」

「へい。間違いありやせん。山下町のほうとか」

左源太が前に進み出て応《こた》えたときだった。

「組頭！　そこになにやら」

「おっ、人だ。倒れておるぞ」

「なに！」

一群の弓張提灯が一点に集中した。堀割に沿った木立の下だった。

「こ、これは！　おぉぉぉ」

武士の衣装だ。腰をかがめ、のぞき込んだ倉石は声を上げた。喉《のど》を掻《か》き切っているではないか。小柄《こづか》を握った手も、そのままに固まっている。

「うあっ」

左源太も首を伸ばし、初めて見るように声を上げた。

関根寛輔《せきねかんすけ》の遺骸である。もちろん、松平家の足軽たちは組頭も含め、関根寛輔の名も知らなければ顔も知らない。寛輔が江戸詰めの勤番侍だったなら、松平家にもあるいは見知っている者がいるかもしれない。だが寛輔は鉄砲奉行でも、国おもての藩士だったのだ。

足軽たちがどよめくなかに、倉石は死体の刀を抜き、弓張提灯の灯りにかざした。

「間違いない」

血糊が付着している。それも今しがたの……。

橋のたもとは町家だ。近くの住人が起き、

「な、何事でございましょう」

足軽に声をかけ、その数は増えた。

(兄イ。早く)

左源太が心中に念じたときだった。

「おぉ、これは松平さまのご家中」

鬼頭龍之助《きとうたつのすけ》が十手で野次馬をかき分け、遺骸の前に立った。着流しに黒羽織をつけ、髷も小銀杏にととのっている。どう見ても八丁堀の姿だ。宇田川町の自身番で着替え、髷はお甲が結いなおしたのだろう。その姿で朱房《しゅふさ》の十手を手に、

「な、なんと！　これは⁉」

「おっ、そなたも来たか。見ろ、こういうことだ。辻斬り犯だぞ、こやつ」

興奮を抑《おさ》え、倉石は言った。

「ご貴殿、斬り捨てたのか！」

「い、いや。見つけたときにはすでに……」

「おぉお、ならばご貴殿らがここに追いつめ、もはやこれまでと自害したるか！　いや、ともあれお手柄！」

「おーっ」

周囲の野次馬たちはどよめいた。去年から江戸中に知れわたった辻斬りが、ここに終焉したのだ。野次馬の数は増し、橋向こうからも、

「なんだ、なんだ」

「どうしたー」

駈けてくる者もおり、橋板に大きな音が響いた。

同心の言葉で、

「松平家の足軽衆が犯人を追いつめ」

「そやつは自害」

野次馬たちの口から口へとながれ、夜というのにそれは堀割の両岸に広まっていった。やがて山下町に出張《でば》った松平家の家士たちも駈けつけてくるだろう。

倉石は慌てた。龍之助に、

「貴殿の十手、収められよ。ここは町家なれど死体は明らかに武士でござる。しかも堀割の淵に倒れてござった。これはわれらが扱う。異存あるまい」

「承知」

龍之助はあっさりと朱房の十手をふところに収めた。

「よし」

倉石は頷《うなず》き、

「誰か、このことご城内の目付に知らせよ。屋敷には俺が直《じか》に知らせる。他の者、死体を幸橋の門番詰所に運べ」

さすがに松平家の足軽組頭で差配は速かった。数名の弓張提灯が幸橋御門の方に走

り、残った足軽たちは、

「散れー、散れーっ」

六尺棒をかざし、野次馬たちを追い払いはじめた。

「左源太、帰るぞ」

「へい」

龍之助はささやくように左源太に言い、左源太も低く返した。野次馬のなおも増えるなかに、それはまったく目立たなかった。

二

現場を離れた二人の姿は、小半刻《こはんとき》（およそ三十分）後には神明町の石段下の紅亭《べにてい》にあった。いつもの奥の部屋だ。町々の木戸が閉まる前だが、飲み屋や女郎屋と違い、灯りがあるのはその一室だけだった。街道おもての茶店の紅亭では、普段は日の入りと同時に暖簾を降ろすが、石段下の割烹の紅亭は暖簾をまだ下げないものの、日の入り後に新たな客は上げない。日の入り前からの客が帰れば、暖簾を降ろし軒提灯の火を消す。だがきょうは、茶店の紅亭も割烹の紅亭も特例の日となった。

茶店の紅亭は老爺《おやじ》が龍之助にぶら提灯を渡したあと暖簾を下げ、割烹の紅亭も入っていた客はすべて帰り暖簾を下げているが、玄関はまだ閉めず、明かりもあった。宇田川町から戻ってきたお甲《こう》に辻斬りの首尾を聞き、大松の弥五郎《やごろう》と伊三次《いさんじ》がお甲とともに、龍之助と左源太が帰ってくるのを待っていたのだ。

お甲が玄関まで出迎え、二人が座につくなり、

「そのあと、どうなりやした」

大松の弥五郎が身を乗り出した。お甲から聞いたのは、関根寛輔なる武士が自裁《じさい》したところまでだ。

「で、それで？」

お甲も問い、行灯の灯りのなかに龍之助と左源太の顔を見つめた。お甲は宇田川町の自身番から、そのまま神明町に戻ったのだ。弥五郎や伊三次以上に、そのあとが気になっている。座はいつものように、上座も下座もない円陣だった。

「へへ、首尾は上々。いまごろ中ノ橋のあっちもこっちも大騒ぎでさあ」

左源太が得意になって〝その後〟を話しだした。龍之助がときおり頷《うなず》きを入れる。弥五郎も伊三次も、真剣そのものの表情になっていた。凄惨な自害のようすは、お甲から聞いている。

「つまりだ……」

話し手は龍之助に代わった。

「あくまで、そこに俺たち三人はいなかった。松平家の足軽衆に追いつめられ、浪人は自害した……と。現場のようすも、そのように進んでいる。いいな、伊三次」

「へ、へい。さっそく、そのように」

伊三次は返し、弥五郎も頷いた。

敢えて二人は、その浪人の名も素性も訊かなかった。お甲も話していない。

（なにやら仔細のありそうな……）

感じてはいる。

「――その先は、わしら無頼が踏み込むべきことじゃあるめえ」

「――へえ、そのように」

弥五郎と伊三次は、さきほどお甲が出迎えに座をはずしたとき、話し合っていた。

それもまた、無頼で一家を張る男たちの心意気であり、仁義である。

左源太の言葉は間違っていなかった。〝大騒ぎ〟になっていた。幸橋御門内の松平屋敷だ。足軽組頭の倉石俊造は、喉を掻き切った武士の死体を幸橋の門番詰所に運び込み、目付《めつけ》預かりの手配をしてから屋敷に戻った。

騒ぎは奥の部屋だ。一段高い上座の松平定信に、大番頭の加勢充次郎と組頭の倉石俊造が対座し、次席家老の犬垣伝左衛門が双方をとりもつように、加勢らとおなじ下の段に端座している。大番頭はともかく、組頭ふぜいが一段低いところとはいえ殿の御前に出るなど、普段ならあり得ないことだ。だが、今回は特例だ。

「――余人に洩れてはならぬ。余が直接聞こう」

定信自身が言ったのだ。理由はあった。槍突きとは異なり、武士ばかりを狙う辻斬り……ご政道への挑戦……口に出さずとも、武家であれ町家であれ勘を働かせ、

(田沼一統の者)

そう見なしている者も、少なくないだろう。

龍之助もそうだった。だから、

「――生け捕りにされてはならぬ」

左源太とお甲に話し、〝策〟に腐心したのだ。

松平定信も家臣の犬垣伝左衛門や加勢充次郎らも、同様の詮索をした。だから犯人はやがて狙いをさだめ、松平家の〝お膝元〟である幸橋御門か山下御門に出没するはず……。定信にとってそれは、

——好機

である。生け捕り、素性を吐かせれば、いまなお残っている田沼意次の残滓《ざんし》を一網打尽にするための、

——口実

となる。それを定信が思い至ったときから、足軽大番頭の加勢充次郎が次席家老の犬垣伝左衛門にともなわれ、ときおり〝殿の御前〟に出ていたのだ。

——生け捕り

容易ではない。だから加勢充次郎は〝策〟を練るのに、町方で役中頼《やくちゅうだの》みを欠かしていない鬼頭龍之助に、相談を持ちかけたのだった。

予測どおり、辻斬りは山下町に出た。

山下御門から報が入ったとき、屋敷は色めき立った。

しかしその結末は、幸橋御門からもたらされた。

「——如何《いか》なること？　余が直《じか》に」

定信が言ったのは、事のながれから自然な判断だった。その定信はいま、

「なに！　追いつめたるところ、その者は自裁じゃと!?」

生真面目と神経質を同居させた顔相の、窪《くぼ》んだ頬《ほお》をかすかに痙攣《けいれん》させている。現場

を預かっていた倉石俊造は、もちろんその差配である加勢充次郎も、生きた心地がしていないであろう。次席家老の犬垣伝左衛門の表情も、蒼ざめ引きつっている。

——切腹

この三人のうち、誰かが賜《たまわ》るかもしれない。だが、つぎに出た定信の言葉は、意外だった。

「死人に口なし、か。下手な小細工をするでないぞ」

「えっ？」

家老の犬垣伝左衛門は思わず声に出した。あるじ定信の言った意味が読み切れなかったのだ。だが、さすがは現場を踏んでいる大番頭や組頭である。解した。田沼家浪人に餌を撒き、自害した武士の面体に覚えのある者を找《さが》し、

（証言させる）

できないことではない。だがそれをすれば、找している段階で評判となり、江戸市中に新たな噂を撒くことになろう。その噂のなかに証言を得れば、

『そういうことか。辻斬りは松平の仕組んだ罠？　田沼の残党を駆逐するための……』

現実に幾人かを殺し、みずからも自害した。

『すべてがその者の犯行なのか。あるいは松平の家士が……』

臆測は噂となり、その噂がまた新たな臆測を呼ぶ……それらを定信の頭脳は、瞬時にめぐらせたのだ。辻斬り犯を田沼家の残滓狩りに使う策は、

(打ち切れ)

あるじは言ったのだ。そうした〝策〟など最初からなく、松平家は足軽隊を市中にまで出し〝純粋に町々の警備に尽力していた〟ことを証明するため、

「足軽組頭の倉石俊造……よく一群を率い、凶悪なる辻斬り犯を自害させるまでに追いつめ、柳営の目付に向後《こうご》を委《ゆだ》ねたる段、あっぱれの所業なり」

定信は倉石を褒めた。だが、表情は引きつっていた。

翌日、定信は柳営でも辻斬り犯の処理について一切関与しなかった。目付の一人がお伺いを立てたが、

「さようなこと、目付の仕事であろう」

言ったのみだった。だが、辻斬りに殺されたのも、辻斬りを〝追いつめ〟自害させたのも、松平家の家臣である。

「松平さまは私利ではなく、身を削って江戸の治安に尽力なされた」

老中首座への追従《ついしょう》ではない。定信の柳営での株は上がった。

午前は柳営に出仕し、午後に奉行所へ帰ってきた北町奉行の柳生久通《やぎゅうひさみち》は、おそるおそる問う与力たちに、

「なんらの叱責もなかった」

ホッとした表情を見せた。それはすぐ同心溜《だま》りにも伝わった。

昨夜の辻斬りの捕物に動いたのも犠牲を出したのも松平家の足軽衆であり、鬼頭龍之助は駈けつけたものの現場で追い返され、山下町を含む範囲を持場にしていた同心もその時刻、京橋の方面を巡回していて、騒ぎを聞いて現場に走ったのは、すべてが終わったあとだったのだ。槍突きには手柄を立てた龍之助だが、山下町を範囲にする朋輩ともども、朝から同心溜りの隅で小さくなっていた。

「おぬしら二人のために、お奉行は柳営でご老中の松平さまから、屹度《きっと》お叱りを受けなさるぞ」

言う同輩がおれば、

「覚悟しておけ。なんらかのお沙汰《さた》があるはずじゃ」

あからさまに言う者もいた。

そこへ奉行が、安堵の表情で戻ってきたのだ。奉行所内の空気はやわらぎ、奉行か

らなにのお咎《とが》めもないことが、平野与力から龍之助たちに伝えられた。落ち込んでいた山下町受持ちの同輩は、それこそ泣き出さんばかりによろこんだ。ついさっきまでその同心は龍之助に、

「おぬしは独《ひと》り身《み》でいいよ。俺など、妻子に年老いたおふくろまで抱えているのだからなあ」

言っていたのだ。十手どころかお役目召し上げまで覚悟していたようだ。

平野与力が、また龍之助を廊下の隅に呼んだ。

「どうもおかしい。お奉行に松平さまから、こたびの件で現場見廻りの者を咎《とが》めだてしてはならぬぞなどと、お達しがあったそうな。すこし前には、定町廻りのあり方にまで口を入れてなすったご老中がのう」

「はあ。さようでございますか」

「はあなどと、おまえ。中ノ橋の犯人自害、現場を見たのだろう。本当に松平さまの足軽たちが追いつめたのか。どうも腑に落ちぬ。あっ、おめえ、なにか細工を？」

「め、滅相もありませぬ」

龍之助は顔の前で手の平をヒラヒラと振った。振りながら、

（たとえ平野さまでも、これればかりは……）

心で詫びた。

辻斬り犯人が追いつめられ、自害したとの噂は、すでに街道沿いに広くながれていた。この翌日に、神明町から宇田川町、さらに山下町などに流布されたかわら版が、噂を確たるものにした。きわめて迅速なかわら版だった。

——凄腕の辻斬り、ついに終焉。松平さまの足軽衆が大手柄。賊は追いつめられ堀割の中ノ橋で自害
一枚摺りで、文面は山下町での〝凶行〟から自害の場所まで正確に記《しる》し、〝手も足も出なかった〟町奉行所への揶揄《やゆ》はないものの、松平家の足軽衆を持ち上げる内容になっていた。しかも辻斬りは〝乱心の浪人者〟と記《しる》され、〝田沼家鉄砲奉行・関根寛輔〟の名などさらになく、〝田沼家〟をにおわせる字句もなかった。

そのはずだった。龍之助が差配し、伊三次があの夜のうちに手配し、翌日の深夜に擦り上がったかわら版なのだ。もちろん、八丁堀の者がその日、山下町や中ノ橋に出張り、奇妙な動きをしていたなど一行一句もない。

別種の噂が出たとしても、最初のこのかわら版が二番煎じ三番煎じの元種《もとねた》になるはずだ。つまり、その内容が〝真実〟となるのだ。

翌々日には山下町や旗本が斬殺された回向院の門前町からも、絵入りの二枚綴り三

枚綴りが出た。それらは幾度も版を重ね、江戸中に出まわった。四、五人が組んで三味線や太鼓の鳴り物入りで、堂々と町角で読売りをする一群もあった。こうして犯人が〝乱心の浪人者〟であることは、お上にも市井《しせい》にも確実に定着していった。

北町奉行の柳生久通が柳営で老中に、

「いかが致しましょうや」

伺いをたてた。かわら版の取締りの件である。

松平定信は言った。

「捨ておけ」

三

龍之助は浮かぬ表情だった。中ノ橋での〝惨劇〟から、十日ほどを経ている。〝乱心の浪人者〟の自害以来、同心たちがそれぞれ持場の町を連日巡回するのはなくなり、ホッと一息ついている。

きのうの夕刻、蠣殼町《かきがらちょう》の田沼家下屋敷の用人が龍之助を訪ねてきたのだ。下屋敷といっても、いま田沼家に残されているのはこの蠣殼町の屋敷だけだ。八丁堀から堀割を下流の東へ下った江戸湾の海辺に近い、潮騒《しおさい》の聞こえるところにある。

「――蠣殻町から、誰かに見られても行く先の分からぬよう、日本橋の近くまで迂回し、街道に出てからこちらへ引き返してきました」

用人は言う。龍之助が蠣殻町を訪れたとき、裏庭でいつも応対に出る年行《としゆ》きをかなり重ねた用人だ。

松平定信の田沼憎しの念は底知れず、執念といってもよかった。

（順当ならば、御三卿田安《たやす》家の出であるわしが、十一代将軍になれたはず。それを田沼意次《おきつぐ》のために……）

その思いがある。

その意次を蠣殻町の屋敷に蟄居《ちっきょ》させただけではまだ足りない。血筋の者にもすべて監視をつけている。だが一人、存在すらつかめぬ者がいる。意次が六百石の旗本時代に、屋敷へ見習い奉公に上がっていた商家の娘に産ませた子だ。昔のことで、その娘は誰か、生まれた子は男か女かさえ分かっていない。分かっているのは、商家の娘が意次の子を身籠《みご》ると屋敷を出た……ことのみだ。姿の見えぬ者は、極度に神経質な御仁には不気味な存在となる。定信は家臣に命じ、懸命に探索している。それの差配を命じられたのが、江戸次席家老の犬垣伝左衛門であり、市井に通じている足軽大番頭

の加勢充次郎であり、その手足となっているのが足軽組頭の倉石俊造なのだ。さらに加勢充次郎が、

「――こうしたことは、町方が最も慣れていようからのう」

と、合力《ごうりき》を依頼したのが、すなわち龍之助である。

田沼家の用人が〝誰かに見られても〟と言ったのは、それら松平家の〝目〟である。警戒し、遠まわりをしてきた用人は、

「――帰りはまた、別の方向から蠣殻町に入ります」

前置きのように言い、

「――ちかごろ江戸市中をにぎわせた辻斬りのことじゃが、かわら版を幾種類かご覧になり、〝乱心の浪人者〟とは誰なのか、町方のそなたなら知っているかもしれぬゆえ、一度屋敷へ、と。むろん、日にちも時刻も、貴殿の算段に任せる……と」

それを告げるために来たのだった。意次も、龍之助や松平定信とおなじような推測をしていたようだ。龍之助は安堵した。辻斬りに、

（蠣殻町は関与していない。関根どの一人の行動……）

だったことが、用人の言葉から確認できたのだ。

だが用人は、気になることを言った。

「――殿にはちかごろ体調がすぐれず、お越しの際には臥《ふ》しておいでかもしれぬが。いや、臥しておいでなのは毎日ではない。ときたまじゃ」

いかなる病気かと訊いても、用人は話さなかった。

もちろん龍之助は、

「――近いうちに必ず」

応えた。

だが用人の帰ったあと、

「――うーん」

龍之助は唸らざるを得なかった。もちろん〝臥しておいで〟のことも気になるが、さらにもう一つ、関根寛輔〝自裁〟の三日後だった。龍之助は加勢充次郎といつものように、甲州屋の奥座敷で対座していた。加勢のほうからの申し出だった。

「――いやあ、辻斬りの一件には相済まぬことをしてしもうた。貴殿を中ノ橋の現場で追い返してしまうとは、倉石がつい張り切りすぎたようじゃ。もちろん、そなたら町方もよく探索してくれたと、家老の犬垣さまをつうじ殿に言上《ごんじょう》しておいた」

（なるほど、定信め。現場の町方を咎めぬようにとはよく言ったものだわい）

内心、龍之助は思い至ったものである。だが、加勢が龍之助に談合を求めたのは、わざわざそのような話をするためではなかった。

「――年末年始よりの案件がかたづいたところで、鬼頭どの」

加勢は端座に威儀を正し、

「――かねてより依頼しておった件、ふたたび進めてもらいたいと思うてな。きょうはその催促でござる。いかがか」

「――その件なれば、忘れてはおりもうさぬ。なれど三十数年も昔のことで、田沼さまが旗本でおわしたころの腰元など、町家のどの自身番を調べても人別帳には出ておりますまい。もちろん、手のとどく範囲は調べましたが」

「――それは分かっておる」

加勢は一息入れ、

「――過去をたぐるより現在《いま》を見張ろうと、槍突きや辻斬り騒動のあいだも、欠かさず蠣殻町に手の者を張りつけておったのよ」

内心、龍之助はドキリとした。蠣殻町を松平の手の者が徘徊《はいかい》していることはこれまでも承知していたが、加勢の口からそれを聞くのは初めてだった。

「――成果は？」

「――難しいのう。出入りの者は多く、そのなかから三十数年前の腰元と、それの産んだ男とも女とも分からぬ者を捜し出すなど……。できれば町方の勘で、そなたに出《で》張《ば》ってもらいたいのじゃが、それは困難じゃろか」

「――ま、注意はしておきましょう。お手前でなにかそれらしき手証《てしょう》をつかんだなら、すぐ知らせていただきたい。それがしもきっかけを得たいゆえ」

「――むろん、さようにいたす」

話はそこまでであった。

加勢も三十数年前と言ったが、厳密には三十六年前だ。なぜなら、龍之助が今年三十六歳だからである。意次の子を身ごもり六百石の旗本・田沼家の屋敷を出た腰元とはつまり、すでに死去した龍之助の母・多岐《たき》のことだ。そして龍之助の名は、意次の幼名・龍助《たつすけ》より多岐がつけたのだった。

「――ふーっ」

甲州屋の奥座敷で加勢が出たあと、龍之助は大きく息をついた。その日の談合は、以前からの頼み事の確認だけだったが、いまなお松平家は田沼の〝隠し子〟を探索しつづけていることが分かったのは、龍之助にとっては収穫だった。それに辻斬り騒動のあいだも、加勢充次郎の手の者が蠣殻町に出張っていたというのであれば、倉石俊造の組の者ではなく、別の一群ということになる。さいわいだった。倉石の組の者以外は、龍之助も左源太、お甲も面識がない。左源太はあくまで町家の職人で、お甲は町娘か商家の女中で、見かけも松平屋敷が找している年齢に該当しない。探索の対象外なのだ。

その数日後に、蠣殻町の田沼屋敷の用人が八丁堀に龍之助を訪ねて来たのだ。

「うーむ」

龍之助はまた唸《うな》った。微行《びこう》に出て、茶店の紅亭に左源太とお甲を呼んだ。いつもの一番奥の部屋だ。

(辻斬りの真相、早く田沼屋敷に知らせねば)

かねてより思っていたことだ。

「へへ、兄イよ。中ノ橋の真相を知らせるだけなら、俺かお甲のどっちかが行きゃあ済むことじゃねえのかい」

そのとおりなのだ。

だが、龍之助はまだ決しかねている。

「兄《あに》さん、龍之助さまの気持ちも考えなさいよ。龍之助さまは、殿さんのお体を……だから龍之助さまはご自分で。ね、そうでしょ」

「うむ」

顔をのぞき込んだお甲に、龍之助は頷きを返した。お甲の言った〝殿さん〟とは、田沼意次のことだ。すでに何度か会ったことがある。裏庭に左源太と一緒に片膝を立て、縁側に出てきた意次と言葉も交わしている。初めてのとき、緊張したものだった。それに龍之助から秘めた血筋を聞かされたときはさらに仰天した。同時に、寂しさを覚えた。龍之助が、他の世界の人のように感じられたのだ。だが、龍之助は打ち明ける前もあともまったく変わらないことに、安堵を覚えたものである。

「それは分かってらい」

左源太は反発するように返し、

「考えてねえのはおめえのほうだぜ。龍兄イは松平の加勢さんに、つまりだ、その、田沼さまの〝隠し子〟の……」

例によって隣の部屋に客は入っていないが、声を低めた。左源太は職人姿で、お甲は割烹紅亭の仲居の着物で来ている。

「探索を兄イは、催促されたばかりだぜ。找してる当人に找してくれって、まったく頓馬《とんま》だがよ……。それに、あのお屋敷を見張ってることも、聞かされたばかりだぜ。そんなところへ兄イがノコノコ行ってみろい。向こうが找している対象に、兄イは歳がピタリだ。用心に越したことはねえ」

それもそのとおりなのだ。

だが、龍之助には気になる。以前、

「――どこに誰の目が光っているかもしれぬ。そなたが直接屋敷にくるのは控えよ」

意次は龍之助に言った。それがいまでは、〝来よ〟と言っている。気力も体力も、

(弱っておいでだ)

龍之助には感じられるのだ。

「うーむ」

龍之助は思案するようにまた唸り、

「左源太、お甲」

二人を交互に見つめ、

「頼むぞ。蠣殻町の殿に、辻斬りの顚末を話して差し上げるのだ。それができるのは、おまえたち二人だけだからなあ」

「へい、がってん。で、いつ行きやしょう」

「あしたの朝、早くにだ」

「あい。殿さんのごようすも、診《み》てきておきます」

「うむ」

左源太とお甲の返事に、龍之助は頷いた。

四

日の出を、龍之助は八丁堀の組屋敷の縁側で迎えた。納豆売りや豆腐屋の声が聞こえる。

「おや、旦那さま。もう起きておいでで」

「あゝ」

「きょうの味噌汁は、豆腐でございますよ」

ウメが鍋を持って冠木門《かぶきもん》を出ていった。

「とーふぃ、とーふぃ。あ、これはまいど。へい」

豆腐屋の声が聞こえる。裏庭ではさきほど火打ち石の音が聞こえていた。茂市が火を熾《おこ》していたようだ。

この早朝、左源太とお甲は八丁堀のすぐ近くの堀割を東方向へ下っていた。龍之助は縁側で立ち上がり、南方向になる品川宿に向かって合掌した。関根寛輔は〝無宿浪人者〟として、氏名も素性も分からぬまま鈴ケ森の刑場に埋められたのだ。

「——せめて遺髪なりとも」

関根寛輔が小柄で喉を掻き切ったとき龍之助は思ったが、死体の髷が切られていたのでは、目付はそこからなにがしかの疑念を膨らませるかもしれない。できなかった。そのことも、左源太とお甲は意次へ話すことになるだろう。

合掌の手をもとに戻し、

(左源太、お甲。よしなに、ナ)

念じた。

「へへ、八丁堀の近くまで来ておきながら組屋敷を素通りたあ、みょうな気分だぜ」

「あとで会うからいいじゃないの」

左源太とお甲は、朝の煙がただよう町家を過ぎ、武家地に入った。甲懸《こうがけ》の紐を結んだ職人姿に、草履《ぞうり》の町娘風体だ。

「どうだい。みょうなやつら、いるかい?」

「豆腐屋さんに魚屋さん、みんな本業ばかりみたいね。ちぐはぐなのはいない」

白壁の往還に歩を進めながら、左源太とお甲は左右を見まわした。町家や八丁堀なら朝の棒手振《ぼてふり》は景気よくそれぞれに触売《ふれうり》の声を張り上げ、それらが町々の朝の始まりとなるのだが、大名屋敷や高禄旗本の屋敷の白壁がつづく一帯では、お得意は決まっており、声は上げず裏手の勝手口を慣れた手つきで開け、そのまま入っていく。ときおり天秤棒を担いだ魚屋や八百屋が、白壁の脇道から不意に出てきてはまたつぎの脇道に入って行く。おもての通りですれ違えば、

「お早う」

「精が出るねえ」

左源太やお甲とも声を交わす。見知らぬ同士でも、みんな朝の仲間なのだ。

この時刻、屋敷のほうでも裏手の板戸の小桟《こざる》は上げ、出入り勝手次第にしている。台所女中や飯炊きたちと朝の棒手振たちの、互いに手間をはぶくための馴れ合いというか、信頼関係がそこにある。朝日の照っている時分に動いている者に、不逞《ふてい》な輩《やから》はいない……。

「こんな時分に行って、お殿さん起きてらっしゃるかしら」

「あはは。病人てのはなあ、夜が早い代わりに朝も早いもんだ。夜中まで壺を振っているおめえとは違うぜ」

「もお」

「つまりだ。弱った躰《からだ》にゃ、朝の空気が一番てことさ。おっと、そこだぜ」

言いながら二人は、田沼屋敷の正面門が見える手前の脇道に入った。左源太もお甲

も、ただお喋りをしながら歩を踏んでいるのではない。龍之助の岡っ引を務めていると、いかにすれば監視の目をくらませられるか自然と身につけている。かりにさきほどもすれ違った武士が松平家の者だったとしても、〝隠し子〟が遣《つか》わした〝密使〟だなど想像もしないだろう。

脇道は田沼家の下屋敷をぐるりと一巡するようにつづいており、もう一度角を曲がれば勝手口の板戸がある。そこにすき間が開いている。さりげなく左右を見まわし、板戸に身をかがめようとすると、

「おっと」

中から開けられた。生魚のにおいがし、天秤棒に提げた盥《たらい》がヌッと出てきた。

「まあ、ヒラメに黒鯛《くろだい》」

「おっ、娘さん。こいつら、いまが旬《しゅん》だぜ。おっと御免よ。通してくんねえ」

身をかがめた魚屋が出てきた。

「おう、どうしたい。全部買ってもらえなかったのかい」

「てやんでえ。このお屋敷には人数が増えて、きょうも山盛り持ってきて、これだけ残ったのさ。御免よ、もう一度、河岸《かし》に戻らなきゃあ」

急ぐ魚屋に左源太は道を開けた。人数が増えた……上屋敷や中屋敷からながれてき

た家士がけっこういるのだ。

中に入るとそこは裏庭で、住人の増えた感じはしない。

場所は分かる。植え込みのあいだを抜け、いつも意次に拝謁する縁側に面した庭へ向かった。さすがに中間が走り出てきた。用人の名を告げると中間は、

「しばらくお待ちを」

母屋のほうへ走った。左源太もお甲も、屋敷内にあっては〝鬼頭龍之助〟の名は出さない。屋敷でその名と存在を知っているのは、いつも応対する用人だけなのだ。

用人が出てくるのをその場で待っていると、

「おぉう、左源太とお甲ではないか」

不意に横合いの茂みから声をかけられた。皺《しわ》枯《が》れた、張りのない声だった。二人はハッとしてそのほうを見るなり、

「殿さま！」

左源太は片膝をつき、お甲は両膝をついて頭《こうべ》をたれた。田沼意次だ。白の袷《あわせ》を着流した、くつろぎの姿だ。左源太もお甲も感じた。

（老けられた）

腰元二人に両脇を支えられ、自身は杖をついている。

「さあ、面《おもて》を上げよ。あはは、朝の散歩をすると、朝餉《あさげ》が旨《うま》いでのう」

勉《つと》めて明るい声をつくろうとしているようだが、やはり、

(弱々しい)

感じながら二人は、

「ははーっ」

面を上げ、あらためて意次の顔を仰ぎ見た。青白い。かつての、老いても精悍さを失わなかった表情がいまはない。皺も白髪も、

(増えている)

意次は言った。

「おうおう、おまえたち。さっそくあの者の遣いで来てくれたか」

「はーっ」

二人はふたたび頭をたれた。腰元といえど、他人の耳である。意次も〝龍之助〟の名は舌頭に乗せない。

「いや。ご苦労、ご苦労。まずはあれへ」

わずかに手で縁側のほうを示した。

意次は庭から縁側に、

「よいしょ」

腰を下ろし、左源太とお甲はその前に膝をついた。

用人が庭のほうから、

「あ、殿」

「よい。さがれ。おまえたちもじゃ」

用人を手で払う仕草をし、用人は、

「さあ」

腰元二人をうながし、ともにその場を離れた。

「近《ちこ》う、もそっと近う」

意次は左源太とお甲を手招きし、

「ん、どうじゃ。龍之助は息災《そくさい》か」

ようやくその名を口にし、二人をのぞき込むように上体を前にかたむけた。その仕草からも、意次がいかに龍之助を気にかけているかが分かる。

「そ、そのことでございますですよ、殿さま」

「はい。そのことなんです」

左源太が意次のすぐ足元まで膝行《しっこう》し、お甲もつづき、そろって顔を上げ、

「辻斬りはやはり……」

顚末を、交互に話しはじめた。

話が進むにつれ意次は、

「ふむ」

さらに上体を前にかたむけ、

「やはり」

考え込む表情にもなり、

「それで」

腰が縁側から落ちそうになるほど身を乗り出し、左源太とお甲はますます首を伸ばし、意次に顔を近づけた。

左源太が〝関根寛輔〟の名を舌頭に乗せたとき、松平家の〝生け捕り〟策を話したときも表情に険しい反応が見られたが、

「うっ」

意次はそれ以上の反応を示し、

「寛輔……国おもてで、鉄砲奉行じゃった。江戸に出て来ておったか。……すまぬ、寛輔」

品川のほうへわずかに顔を向け、呟《つぶや》くように言ったのが、左源太にもお甲にも聞き取れた。

裏庭の隅に用人が立って縁側のほうを見ている。あまりにも意次に近づく町人二人を咎《とが》めているようすではなく、逆に庭から中間や家士が近づくのを防いでいるのだ。縁側の奥にも人の気配はない。

話し終わったとき、蒼ざめた意次の表情に苦渋の色が刷《は》かれているのを、左源太とお甲は看《み》た。

膝立ちのままうしろへ下り、腰を上げようとする二人に、

「あ、待て」

意次は呼びとめ、

「龍之助にのう、儂《わし》が深く礼を申しておったと、ナ、伝えておいてくれ。それに、くれぐれも、ナ、気をつけよと……」

「ははーっ」

二人はふたたび頭をたれた。その耳に聞こえた。

「皮肉なものよのう……許せ、龍之助」

あらためて面を上げたとき、意次は両脇を、奥から出てきたのかさきほどの腰元二

人に支えられ、腰を上げたところだった。

ゆっくりと廊下を奥に消える意次の背を、二人は無言で見送った。足の運びが、庭を散歩していたときより、

(さらに弱まっている)

思いを胸に、ふたたび白壁の往還に出たとき、太陽はもうすっかり昇っていた。

「殿さん、朝餉、ちゃんと食べられるかしら」

「よりも、喉を通るかどうか」

「…………」

甲懸と草履の足は進んでも、話は進まなかった。


北町奉行所から持場へ微行に出た龍之助が、神明町の茶店紅亭で左源太とお甲の二人と膝をつき合わせたのは、太陽が中天にさしかかった時分だった。昼の休憩客の多いときだが、老爺《おやじ》は隣の部屋を空室にしている。龍之助は早く田沼意次のようすを聞きたかった。田沼屋敷からの帰りに奉行所へ寄れと言わなかったのは、内容が極秘に属するからだ。

「殿さんはね、兄イ。俺たちの帰り間際に〝皮肉なものよ。許せ、龍之助〟と……」

「そう、呟くように……」

左源太が言ったのへ、お甲が短くつなぎを入れた。二人にも、その意味は分かっていた。

「で、あったか」

龍之助は茶を飲み干し、ゆっくりと湯飲みを盆に置いた。

意次は以前、

「――そなたにはこれまで、何もしてやることができなんだ。申しわけなく、ほんに申しわけなく思うておるぞ」

龍之助にしんみりと言ったことがある。その龍之助がいま、田沼家がさらに窮地に陥《おちい》るのを防ごうと誰よりも奔走しているのだ。さらに〝皮肉〟なことに、意次の全盛期に日陰の存在となり、誰に知られることなく過ごしたのが、田沼の血筋のなかで唯一龍之助が、松平定信の報復とも思える弾圧を免れる要因となっているのだ。失脚してから、

「――儂の血筋であること……秘匿せよ」

意次は龍之助に言ったものである。

「ふーむ。歩くにも、両脇を支えられて……」

龍之助は言い、

「お甲、茶が入ってないぞ」

「は、はい」

お甲は急須をとり、龍之助の湯呑みにかたむけた。

五

龍之助が茶店の紅亭で左源太とお甲から田沼意次のようすを聞いてから、数日を経ている。すでに弥生（三月）も下旬である。

松平屋敷の奥座敷に、あるじの定信はまた次席家老の犬垣伝左衛門と足軽大番頭の加勢充次郎を召していた。この二人がそろって奥座敷に呼ばれるとき、要件は二つしかない。田沼家の血筋を完膚《かんぷ》なきまで叩きのめし、それに関連し〝田沼の隠し子〟を探し出すことだ。定信にとっては、意次の孫の意明《おきあき》に、陸奥《むつ》下村藩一万石の藩主として田沼家の存続を許したこと自体、不本意だった。できれば辻斬り犯を、

（下村藩の取り潰しの口実に）

犬垣伝左衛門も加勢充次郎も、あるじ定信の思惑がそこにもあるのを解していた。

しかし〝生け捕り〟にできず、策は失敗した。だが田沼の〝残り滓《かす》〟を、つぎつぎと排除することまで諦《あきら》めたわけではない。

「いまのところ、蠣殻町の屋敷に〝田沼の隠し子〟らしき者が現われた形跡はありませぬ」

加勢充次郎は言上した。

「見張りは慥《しか》とつづけているのであろうなあ」

「はい。〝田沼の隠し子〟なら、歳は三十路《みそじ》を五、六年超えているはずです。男であれ女であれ、さらに武士であれ町人であれ、その年行きに見合う者はくまなく探索の対象にしてございます」

「いまださような者は、網にかからぬというのじゃな」

次席家老の犬垣伝左衛門があるじ定信に代わって質《ただ》した。

定信も言った。

「人数を増やし、なお励め」

「御意」

「それにじゃ、倉石」

「はっ」

「もう一人、柳営から田沼の残滓《ざんし》を排除するぞ。水野忠友《みずのただとも》じゃ。老中職を免ずる」

犬垣伝左衛門が頷きを入れた。家老としてすでに知っていたようだが、加勢には初めて聞く内容だった。

水野忠友といえば、七千石の大身旗本で田沼意次に見出され、駿河沼津藩《するがぬまづ》三万石の大名に取り立てられ、老中にまで引き上げられた、田沼時代の出世頭《しゆっせがしら》だ。それが意次の失脚を見るなり、養嗣子《ようしし》にしていた意次の子息・意正《おきまさ》を廃嫡し、新たな権力者となった松平定信にすり寄った人物である。

「そこでじゃ、加勢」

「はっ」

加勢充次郎は平伏し、その肩を犬垣伝左衛門が凝《じ》っと見つめている。

定信のいくらか甲高《かんだか》い声が部屋にながれた。

「辻斬りを田沼の残影叩きに活かせられなんだが、水野の三万石を少しでも削るきっかけが欲しい。できれば、お家取り潰しにものう。そこでじゃ」

「はっ」

「水野の登城の際の順路じゃが、東海道であったのう」

「ははっ。街道筋は金杉橋から増上寺の前面を過ぎ、宇田川町から街道を離れ、愛宕山下の大名小路を経て幸橋御門に入りおりまする」

加勢は顔を上げ、応えた。街道は金杉橋から神明町を経て宇田川町まで、町方ではもろに龍之助の持場だ。

「以前から手なずけているという町方がおったのう」

「はっ。北町奉行所の同心にございます」

「登城の途次にじゃ、水野の家臣が不始末を起こせば……のう。あり得ぬことではあるまい。そのときには、町方の手も必要となろう」

あり得る。巷間《こうかん》で水野忠友の評判は、はなはだよろしくない。それに定信は、〝田沼の隠し子〟の探索に加勢が町方の同心を〝使嗾《しそう》〟していることを承知しており、鬼頭龍之助という名も聞いている。

「分かっておろうな」

念を押したのは、犬垣伝左衛門だった。

「御意」

加勢はあらためて平伏した。

さっそくだった。定信の御前を退出するとすぐ加勢充次郎は、中間の岩太《いわた》を宇田川町の甲州屋に走らせた。

甲州屋の奥の座敷で龍之助が加勢と談合したのは、その翌日だった。例によって、龍之助には左源太がつき添い、加勢には岩太が挟箱を担いで随っていた。

奥の座敷で、声を殺した加勢充次郎の申し出に、龍之助は驚愕した。もちろん、加勢は沼津藩水野家の改易や減封の〝口実〟をなどと口にしたわけではない。

「沿道の民で、水野の行列を揶揄《やゆ》する者もいよう」

「おそらく」

加勢の言葉に、龍之助は頷いた。自分が水野に嘲笑の声を投げたいくらいなのだ。そのとき怒った藩士が抜刀し、沿道の民のなかに斬り込めばさいわいである。

「町人を、数人でも殺せばなおよろしい」

臆面もなく加勢は言い、

「そなたの腕なら、そやつを斬り伏せ、捕らえることもできよう。むろん、手に余る場合は斬り捨ててもよい。生け捕りにすれば、即座に縄をかけ茅場町《かやばちょう》の大番屋に引いてもらいたい。そやつは切腹ではなく、斬首がふさわしいかのう」

などとつづけた。武士はみずからを律することができる……だから罪を犯しても他人に成敗されるのではなく、みずから始末をつける……それが切腹である。斬首とは自裁のできる身分を否定されるのだから、武士としてこれほど不名誉なことはない。

その事件現場の采配を龍之助に、

「よろしく」

加勢は言っているのだ。

龍之助は腹に据えかねた。松平家の意図は水野家の改易か減封にあることは、聞かずとも分かる。心の隅のどこかで、龍之助もそれを望んでいないといえば嘘になる。水野忠友に廃嫡された意明は、会ったことはないものの意次を父とする腹違いの弟なのだ。それよりも龍之助にとって我慢のならなかったのは、加勢が言った町人の命を人の命とも思っていない言葉だった。怒りを覚える。加勢に対してではない。加勢にそれを言わせている、松平定信に対してだ。

「それは困る」

龍之助は言った。

「水野さまのお屋敷は金杉橋の向こうで、いつも街道に愛宕下の大名小路まで行列を組まれておいでだが、そこは町方としてそれがしの持場でござる。そこで沿道の町人がお大名を揶揄するようなことがあれば、それがしが腹を切らねばなりませんよ」

「それ、そこは任せておいてもらいたい。そなたが狼藉の水野家の藩士を取り押さえたなれば、失態どころか柳営から過分の褒美が出るはずじゃ。大船に乗った気でいてもらいたい」

「ふむ」

龍之助は頷いた。なるほど老中首座で家斉《いえなり》将軍の補佐でもある松平定信が背後で糸を引いているのなら、大船に乗ったも同然だ。加勢は肯是《こうぜ》の頷きと判断したか、

「さ、まず一献」

龍之助の膳の盃に徳利をかたむけた。

龍之助は受けた。だが心中は、加勢充次郎の思惑とは逆のものがながれていた。

（癪《しゃく》だが、ここは一つ、水野を助けてやるか）

である。龍之助にとって、たとえその者が跳ね上がりであっても、松平の思惑で町人の命を散らせることなど、

（断じて許せない）

「で、加勢どの。その水野さまの老中解任はいつでござる」

「弥生（三月）二十八日、わが殿が柳営で発表される」

あしたではないか。

龍之助が神明町の石段下の割烹紅亭に、大松の弥五郎と伊三次を呼んだのは、その日の内だった。いつもの奥の座敷で、手前の部屋はまた女将が空き部屋にした。むろ

ん、左源太もお甲も顔をそろえている。お甲は紅亭の仲居の着物のままだ。

話はもちろん、

「水野の行列だからというよりも、街道の平穏は護らにゃならん」

そのことだった。水野家の行列では去年、水茶屋〝常娥《じようが》〟の件で一悶着あった。

だが今回の話は、それとはまったく性質が異なる。

「許せねえな」

龍之助の話を聞き、不気味な声で言ったのは、大松の弥五郎だった。代貸の伊三次も左源太もお甲も、一様に頷いている。

許せないだけではない。

「それを阻止するのが、水野を松平の仕掛けから救うことになっても仕方がない。ともかく俺は、松平の思惑を粉砕する」

龍之助の言葉に、座の面々に異存はない。一同は町家の〝命〟が、松平家から軽く見られていることに、

「我慢ならねえ」

のだ。絞り出すような声は、左源太だった。

策が練られた。かなり難しい。行列が街道を金杉橋から浜松町、神明町と過ぎ、宇

田川町から愛宕下大名小路に入るまでの町家に、首尾を見とどけようと足軽組頭の倉石俊造がまた配下を引き連れ、出張って来るだろう。その者たちに、龍之助が騒ぎになるのを事前に抑え込んでいるのを覚《さと》られてはならない。

「若い者に、徹底しておきやしょう」

大松の弥五郎は請負った。

六

水野忠友の老中解任は、すぐさま江戸中に広まった。

「いままで首のつながっていたのが不思議なくらいですよ」

「えっ、老中解任だけ？　お家はつづくの」

などなど、柳営の動きにしては、市井《しせい》での話題にけっこう上ったほうだ。とくに水野家の登城の経路になっている浜松町から神明町、宇田川町にかけては、

「ほおう、あの行列のお大名かね」

と、身近な話題として語られた。老中職のあいだはほとんど毎日、水野家の行列が街道を通っていたのだ。それを見てきた沿道庶民の、つぎに見る水野の行列に対する

反応には、確かに興味深いものがある。

柳営に役職を持たない大名の登城は、正月の儀式を除いては滅多にあることではない。だから、

「あのころは毎日でほんと迷惑だったが、いまじゃ懐かしいねえ」

老中を罷免されてより十日もたたぬうちに、早くも聞かれはじめていた。多分にそれらの声は皮肉を含んでいた。

すでに卯月《うづき》（四月）のなかばに入っている。

登城があった。

――かつての政事《まつりごと》につき、質《ただ》したき儀之有《これあ》り
と、松平定信が将軍補佐の権限をもって仕掛けたのだ。〝質したき〟理由など、どうにでもつくれる。水野忠友にすれば、従わざるを得ない。

岩太が八丁堀まで知らせに来た。

「あさって卯月十六日午前、水野忠友さまがご登城なさいます」

大松一家と〝策〟の打合わせをするのに、中一日の猶予があった。

その日が来た。

龍之助は茶店紅亭の縁台に陣取った。左源太とお甲がすぐ横の縁台に控えている。

左源太の腹掛《はらがけ》の口袋《こうたい》には分銅縄が、お甲の袂《たもと》には手裏剣を忍ばせた革袋が入っている。それを使うのは最後の手段で、激昂し列を飛び出す藩士がいた場合だ。そこに至らぬよう、浜松町の貸元の合力も得て、金杉橋から宇田川町までの沿道に大松の若い衆が散らばった。弥五郎はいずれに跳ね上がりの住人がいても、すぐさま駈けつけられるように、増上寺の大門からながれる広場のような大通りが東海道に交差した角の茶店に陣取った。かたわらに伊三次が控えている。

(揶揄する者がおれば、このあたり)

弥五郎が見込みをつけたのだ。野次が飛ぶとすれば人混みの中からだ。パラパラとしか人のいないところで、大名の行列に嘲笑の声など投げられるものではない。

街道の金杉橋から宇田川町までの界隈では、ここに最も人が出ており、茶店や飲食の店も多いところだ。そこから北へ一丁(およそ百米)ほどのところに、茶店紅亭の〝氏子中〟の幟《のぼり》が立っている。だから初めて来た参詣人でも、増上寺と神明宮への入《はい》り口《ぐち》を間違うことはない。

「やあ、鬼頭どの。ご苦労でござる」

倉石俊造が縁台の龍之助に声をかけてきた。六尺棒こそ持っていないが、腰切の着物で足には脚絆を巻き、木綿の長羽織をつけた足軽二名を従えている。目立つ。

「ほう、物見《ものみ》でござるか」

「さよう。そろそろ来るはず。ちと金杉橋に近いところを見まわってくる」

大番頭の加勢充次郎に言われているのだろう。縁台に座ったまま応じた龍之助に、倉石は仕事を分担している仲間のような言葉を返し、金杉橋のほうへ進んだ。途中、大松の弥五郎と伊三次が陣取る茶店の前も通るだろう。

「まるで松平の看板を背負って歩いてるみてえだぜ」

「うふふ。だからいいんじゃないの」

湯飲みを手に左源太が言ったのへお甲が返し、龍之助も苦笑した。ほかにも足軽たちが沿道に出ている。いずれも木綿の長羽織だ。沿道の者には、まるで警護の番卒が出ているように見える。だからいいのだ。一本気で跳ねっ返りの町人でも、それらがうろうろしているのを見ると、つい用心するだろう。水野家の行列は金杉橋から何事もなく宇田川町を抜け、愛宕下大名小路に入る。龍之助の願うところである。

街道に落とす往来人の影が、かなり短くなっている。大八車や荷馬に町駕籠などが行き交い、風はないがほこりっぽい。往還に出している縁台を、茶汲み女が客の座っていないときを見計らい、幾度となく雑巾で拭いている。

「寄れーっ、寄れーっ」

聞こえてきた。大松の弥五郎と伊三次が座っている縁台である。足元に土ぼこりを上げ、大松の若い衆が声の方角から走ってきた。

「来やした。いまのところ、何事もありやせん。列のうしろのほうに、松平の足軽組頭がフラフラとつづいておりやす」

「うむ」

報告したのへ弥五郎は頷きを返した。さきほど目の前を通った倉石俊造は、監視でもするように行列の背後に尾《つ》いたようだ。

行列の先触《さきぶれ》の声が聞こえれば往来の者は迷惑そうに、大八車や荷馬は脇道に入ってやり過ごし、歩いている者は両脇の軒端へ身を寄せる。往還が広くなったように感じられる。弥五郎と伊三次の縁台の周辺にも、旅姿の者や通り合わせた参詣人、お店者に職人らが身を寄せてきた。

「まったくもう」

「なんでこんな時分に行列なんだい」

声が聞かれる。

先触の武士二人が声とともに、茶店の前を通り過ぎた。ゆっくりとした足取りだ。そのすぐうしろに、四、五人の中間が水桶を手に水を撒きながらつづいている。ほこりがたたないようにするためだ。

行列は臨時の登城で百人にも満たない短いものだが、それでも槍持に騎馬や徒歩《かち》の武士団に鉄砲の足軽衆、挟箱持の中間衆と、形はととのっている。行列を横切ったりしない限り、歩きながらすれ違っても急ぎ足で追い越しても咎めだてはされないが、それをする者はいない。行列の武士の刀に誤って触れようものなら、面倒なことになるからだ。おとなしくやり過ごすのが得策である。こうした行列が通るたびに、周辺の動きは停滞する。急いでいる者ならイライラが募る。しかもいま通っているのは、評判のきわめて悪い水野家の行列だ。

「親分、なにやら起こりそうな気配ですぜ」

「そのようだな」

縁台に座ったまま列のながれを見物している伊三次が言ったのへ、弥五郎は頷きを返した。周囲にイライラの高まりが感じられるのだ。縁台のすぐ近くの軒端に、大工であろう道具箱を担いだまま身を寄せている四、五人連れがいた。忠友の乗った権門駕籠が過ぎた。

「ケッ。まだつづいてやがるぜ」

「すぐ通り過ぎると思ったによ。これじゃ脇道に入《へえ》りゃあよかったぜ」

聞こえる。どうやら大工たちは、つい以前の水野家の行列と勘違いしたようだ。

突然だった。

「いようっ、水の中の蛸《たこ》。亀の動きになったかいっ」

大工たちのなかから歯切れのいい声が飛んだ。この野次には弥五郎も伊三次も感心した。周囲からも笑い声が起こりかけた。が、その気配はすぐに消え、緊張に変わった。

「むむっ」

行列の徒歩《かち》侍が数人立ちどまり、声のしたほうを睨み、二人ほどが刀に手をかけたのだ。野次を飛ばした大工はとっさに言ったこととはいえ、慌てたようすになった。

逃げ場がない。

野次は当を得ていた。

老中が登城するとき、行列は常に小走りになるのが慣わしである。一揆や打ち毀《こわ》しなど非常事態が発生したとき、老中の行列が慌てて登城すればそれだけ人心に与える不安は大きくなる。それを防ぐため、常時でも小走りの足並みをつくっている。これまで水野家の行列は、〝寄れーっ、寄れーっ〟の声から殿《しんがり》の挟箱の中間衆が過ぎるまで、けっこう速かった。老中職を解かれたいま、行列は悠長に進んでいる。それを沿道の者が〝水の中の蛸が亀に〟と野次った。しかも、その者が意図したかどうかは分からないが、〝水の中〟が〝水野〟にかかっている。

水野家にとって、これほどの屈辱はない。しかも家士らは、向後どうなるのかと心中穏《おだ》やかでない。立ちどまり、刀に手をかける者がいたとしても不思議はない。そこをまた松平定信は見越していたのだ。

弥五郎と伊三次は顔を見合わせるなり縁台から飛び出し、

「水野さまのお行列になんたる無礼！」

弥五郎が叫び、

「お赦《ゆる》しくだされ。暴言の者、自身番に引き、叱りおきますれば！」

立ちどまった武士の前に片膝をつき、

「おめえか！　さあ、謝れ」

伊三次は職人の一人の首根っこをつかまえた。その者が野次ったかどうかは分からない。形をつくったのだ。仲間の職人たちはただうろたえている。

「お赦しを！」

行列は乱れることなく進んでいる。いきり立った武士はむしろホッとした表情になり、

「うむ」

列に戻った。騒ぎを起こせば不利になることを、水野家の家士たちは、

「――知っていようから、ともかく万が一のときは、家士たちに上げた拳《こぶし》の降ろし場をつくってやることだ」

石段下の紅亭で〝策〟を練ったとき、龍之助は言っていた。そのとおりになった。といっても、それは押し出しの強さがある弥五郎と、機敏で喧嘩慣れしている伊三次だからできた〝策〟だ。大工たちはまだ足をすくませていたが、最も安堵したのは行列の家臣らであり、駕籠の中の水野忠友であったろう。最も悔しがったのは、顚末を聞かされたときの松平定信であったろう。仕掛けた罠が水泡に帰したのだ。

「寄れーっ、寄れーっ」

声が神明町の茶店紅亭の縁台にも聞こえてきたとき、

「だんなーっ」

大松の若い衆が街道から駈け込んできた。行列が近づけば往来の動きがあわただしくなり、そのなかを走っても目立たない。すぐ近くを歩いていたお店者や町娘も行列を避けるためであろう、四、五人が茶店紅亭の板敷きの入れ込みに上がり込み、

「まったくー」

声が聞こえる。

縁台の三人は一瞬緊張した。だが行列の先触の声は、乱れているようすはない。

「おう、兄弟《きょうでえ》。どうしたい」

「左源《さげん》の兄イ。お甲姐《ねえ》さんも」

左源太が言ったのへ、若い衆は落ち着いた声で返した。走っていたのは、単に行列の前を行くためだけだったようだ。

「さっき大松の親分《うち》と伊三兄《いさあに》イが……」

縁台の前に立ったまま早口でさきほどのようすを話した。

「ほーっ、さすが」

龍之助が安堵の息をついたとき、行列の先触が縁台の前にさしかかった。すぐうしろに水撒きの中間たちがつづいている。そのなかの二人が、

「すまねえ、水、水」

言いながら空になった水桶を手に縁台の脇をすり抜け、紅亭の暖簾の中に走り込んだ。水撒きは桶が空になるたびに沿道の商舗《みせ》に飛び込んでいるのだ。

中間たちが出てきたとき、騎馬武者の一群が縁台の前にさしかかったところだ。

「おっ、いけねえ」

「急げ、急げ」

あわてた中間に左源太は声をかけた。中間二人は桶の水をこぼしながら先頭のほうへ走って行った。

行列はなるほど周囲が苛立つほどゆっくりと進み、やがて挟箱を担いだ、紺看板に梵天帯の一群になった。最後尾の中間衆だ。

それが過ぎると軒端に避難していた往来人たちが待っていたように動き出し、枝道から荷馬や大八車も出てきて、街道は通常の動きを取り戻す。茶店の紅亭からも、

「やっと行ってくれた」

「こんな時分にお行列とは」

さきほど入れ込みに入った客たちも出てきた。無駄な出費になったろうが、紅亭にすればわずかお茶一杯といえ、おかげで売り上げが増えたことになる。

「またのお越しを」

前掛姿の茶汲み女が外まで出て見送る。大名行列の思わぬ恩恵だ。

それら動きだした往来のなかに、

「龍之助さま、あれを」

「ふむ。ふふふ」

長羽織の足軽二名を随えた倉石俊造が、苦虫でも噛みつぶしたか不機嫌そうな顔で行列に歩調を合わせている。

（くそーっ、うまくいきかけたのに）

思っていることだろう。その表情は、そのまま幸橋御門までつづくだろう。神明町を過ぎれば宇田川町で、愛宕下大名小路は近い。騒ぎが起こりかけたあと、行列の武士たちは〝自重〟の文字を、いっそう強く胸に刻んだことであろう。

「騒ぎはもう起こるまい」

縁台から中間の一群を見送りながら龍之助は呟き、湯飲みの残りを干した。倉石が縁台の前を通り過ぎたとき、

「おっとっと」

大八車があいだに割り込んできて、お互い挨拶を交わすことはできなかった。

「蛸が亀になったとは、おもしれえことを言う大工でしたぜ」

「浜松町の棟梁の配下でやした」

大松の弥五郎と伊三次が戻ってきた。もちろん、大工を自身番に引いたわけではない。むしろ微笑み、励ますように肩を叩いていた。

「聞いたぞ。さすがだなあ」

龍之助は返し、

「奥の部屋が空いております」

茶汲み女の声に、一同は縁台から席を奥の部屋に変えた。

七

甲州屋の番頭が商いのついでを装い、大番頭の加勢充次郎に龍之助の意向を伝えたのは、〝亀〟の行列から四日ほど経てからだった。

「加勢さまも、ちょうどわしも会いたいと思っていたところだ、とおっしゃっておいでてした」

番頭は言っていた。話したい内容は、双方とも分かっている。

その日、昼時分が過ぎたあとで、座はお茶と茶菓子だけで、龍之助のほうから一方的に切り出した。

「いやあ、あとから現場のようすを聞き、肝を冷やしましたよ。あのあとすぐでござった。浜松町や神明町の町役たちが寄り合いましてな。つぎに水野さまの行列が街道をお通りになるときは、町々の町役たちが沿道に出張って、不逞《ふてい》の輩《やから》を抑え込もうと話し合ったそうな。それでそれがしにも助力を頼む、と。立場上、断われませんからなあ。それに自身番名義で、住人たちにお大名家の行列に粗相のないようにと触れを出すと言っておりましたぞ。そういうことでしてなあ、つぎに水野さまのご登城のとき、この前のように揶揄する者がおれば、町役の注進があればそれがしが駈けつけ、自身番に引かねばならなく相成りもうした。町役たちは、おのれの町で騒ぎが起こるのを極度に懼《おそ》れておりましてなあ。それがお大名家相手となると、これはまたなおさらですわい」

はったりだ。龍之助が話し合ったのは大松一家なのだ。加勢は一つ一つ頷きながら聞いていた。あの日、組頭の倉石俊造は学び、上司の加勢に進言したはずである。

「――かくなる上は次回、足軽を町人に変装させ、行列を随所で挑発すれば、きっと乗ってきましょう」

龍之助は話を聞く加勢の表情から、予測の当たっていることを確信した。同時に、加勢の脳裡はめぐっていた。

（変装した松平家の足軽が、町家の自身番に引かれたら面倒なことに……）

その思いも龍之助は読み、話題を変えた。

「で、隠し子の件でござるが、その後なにか手証になるようなものは見つかりましたかなあ」

「そのことじゃが、蠣殻町に幾人か常時出張《でば》らせておるのじゃが、一向にそれらしき者は……。手証になるものを得れば、どんな些細なことでもすぐ連絡する。よろしく頼むぞ」

歯切れは悪かったが、加勢は話題をもとに戻すことはなかった。

はったりは成功したようだ。龍之助が加勢に談合を申し入れたのは、街道で水野家の家士に狼藉を起こさせる策を、断念させるためだった。

甲州屋を出るとき、加勢の表情は優《すぐ》れなかった。

夏の盛りの皐月《さつき》（五月）になってから、水野忠友の登城がまたあった。仕掛けたのではない。儀式で必要があったのだ。そのとき、行列の街道に倉石もその配下の足軽たちの姿も見られなかった。

水野忠友もその家臣たちも、町方の同心と町の無頼たちに救われていることに、まったく気づいてはいない。町衆はそれを不満には思っていない。沿道の町々が平穏であれば、

（それでよいのだ）

町衆の願いはそこにある。将軍補佐だ老中だといっても、町方や町衆の合力がなけ

れば、町場を舞台とした策など組みようがないのだ。

しかし、水無月《みなづき》（六月）に入ると、動きはあった。水野家に関することではない。別の件で、加勢は〝仔細なことでもすぐ連絡する〟と言っていた。その方面での動きなのだ。しかも、〝仔細なこと〟ではなかった。

左源太とお甲が田沼意次を訪ね〝辻斬り〟の背景を話してより、龍之助はずっと気になっていた。意次の健康だ。直接、ようすを見に行きたかった。しかし加勢は龍之助に言っていた。

「——常時、屋敷の者を出張らせている」

いまは成果がなくても、龍之助の姿を見れば、それが成果になるかもしれない。年《とし》恰好《かっこう》が合っているのだ。気にしながら、直接行くのは控えた。左源太とお甲が、

「大名行列の始末を報告がてら、もう一度ようすを見に……」

言ったが、

「御前はなあ、水野の名を聞いただけで嫌悪をお感じになられよう。まして体の弱っておいでのときだ。障ってはならん。行くな」

用心のため、龍之助は行かせなかった。

ところが、水無月二十三日の夕刻だった。午過《ひるす》ぎから降りだした夏の雨が、熄《や》みも

せず激しくもならず、うっとうしく降りつづくなかに茂市が持ってきた傘を差して帰り、一息入れたときだった。晴れの日なら、夕陽が暑苦しく一面に射している時刻だ。まるで頃合いを見計らったように玄関へ訪《おとな》いの声が入った。声で分かる。

（なぜ？）

龍之助の背に戦慄が走った。この雨の中を、岩太の声だったのだ。さらに驚いた。玄関に出た茂市があわてて居間に駈け込み、

「旦那さまっ。松平さまご家中の加勢充次郎さまがお見えでございますっ」

「あゝ、早く早く」

ウメが大急ぎで足洗いの桶の水を取り替えている。岩太ならこれまで遣いで幾度か八丁堀の組屋敷に来たことはあるが、加勢充次郎が来るのは初めてだ。しかも雨の中を、である。

龍之助も急いで玄関に出た。岩太は裸足《はだし》で加勢は高下駄をはいている。それでもくるぶしのあたりまで泥だらけだ。ウメが三和土《たたき》に降りて加勢の足を洗っている。甲州屋を遣いに立てる余裕もないほど、重大で切羽詰った用事が出来《しゅったい》したに違いない。

二人は座敷に対座した。茂市は岩太を台所のほうへ案内し、そこであるじの帰りを待つように計らった。

ウメが茶を運ぶより早く、

「絶好の機会が訪れましたぞ。手証が得られるかもしれぬ。そなたに一肌脱いでもらいたい。手筈は当方でととのえるゆえ」

加勢は言う。龍之助はドキリとした。六百石時代の腰元、母・多岐の身許を、

(ついに探り出したか)

それにしては加勢の言いようがみょうだ。龍之助が怪訝《けげん》な表情を示すと、

「許されい、順序立てて話そう。田沼意次が逝《ゆ》くぞ。ここ一両日らしい」

「ううっ」

龍之助は瞬時、全身の血が逆流するのを覚えた。顔にそれが出るのを懸命に抑え、

「どういうことでござろう」

「わが屋敷に入った知らせによれば、田沼は今朝方より危篤状態に入り……」

龍之助は愕然とし、ウメが湯飲みを載せた盆を部屋に運んできたのも気づかなかった。あの蠣殻町の屋敷に、松平の間者が入っていたのか……。

「かねてより出入りの医者にのう、鼻薬を効かせておったのよ」

加勢は明かした。臨終が見えたからには、もう話してもよいと判断したのだろう。

龍之助は胸を撫で下ろした。これまで龍之助や左源太、お甲がときおり屋敷に出入り

していたことは、

（洩れていない）

訪ねたとき、医者がいたことは一度もないのだ。

「で、一肌脱げとは？」

龍之助は身を乗り出した。

「不測の事態に備え、同心を一人、田沼屋敷へ入れることにした。それを貴殿にやってもらいたい。つなぎ役の者二名をこちらからつける。見舞い客か弔問客にちょうど貴殿とおなじくらいの歳の者で、当方が素性をつかんでいない者がおれば、つなぎ役がそなたに知らせるゆえ、記帳から名を書きとめておいてもらいたい。その役の一人はのう、倉石じゃ」

危篤か通夜ともなれば、男か女か分からぬが〝隠し子〟も来るかもしれぬとの判断から、松平屋敷は知らせを受けるなり策を練り、手配をととのえたのであろう。加勢はさらに言った。

「あすの朝、貴殿が奉行所に出仕すれば、奉行か与力から指示があろう。それに従えばよい」

さすがは老中首座の、職権を利用した迅速な手まわしだ。

話し終わったとき、外はようやく暗くなりかけていた。雨はまだ熄《や》んでいない。岩太は蓑《みの》をつけ、傘を差した加勢の足元を提灯で照らした。龍之助は茂市とウメを随え、冠木門の外まで見送った。その背に、

（ほんに、きょう中に話しておかねばならぬ用件だ）

思うと同時に、いまからすぐ蠣殻町へ走りたい衝動を懸命に堪《こら》えた。

八

翌朝、雨はなおも降りつづいていた。屋内でも外に出ても、湿り気が体にまとわりつく。龍之助が茂市をともない出仕したとき、正門脇の同心詰所にはすでに倉石俊造ともう一人の男が来て待っていた。おそらく蠣殻町の田沼屋敷に張りついていた足軽組頭だろう。二人とも町人髷を結い、単《ひとえ》の着物を尻端折にしている。きょうは龍之助についた〝岡っ引〟の役目なのだ。二人とも町方の下へつくことに、きわめて不機嫌な表情だ。母屋の正面玄関では小者が水桶を用意し、出仕した与力や同心たちの足を洗っている。

龍之助は足がスッキリしたところで廊下に入るなり小者に呼びとめられ、与力部屋

へいざなわれた。平野準一郎だ。他の与力はまだ来ていない。部屋に入るなり平野与力は待っていたように言った。

「きのうだ。お奉行に呼ばれてなあ。蠣殻町の田沼邸に同心を一人派遣しろとよ。それもおまえをご指名だ。理由《わけ》を訊いたが、お奉行も首をかしげておいでてよ」

「はあ。どういうことでしょう」

「なんだ。おめえも知らねえのか」

周囲に他人《ひと》がいなければ、平野はつい使い慣れた伝法な口調になる。

「なんでも不測の事態に備えてとからしいが、いったい何がどうなっておるのかわけが分からん。おかげで俺は、これをおぬしに知らせるために早めの出仕だ。正門の詰所に、おめえの岡っ引みてえのが来てるが、ありゃあなんだね。ご老中さまの配下かい」

「なんなんでしょうねえ」

「ともかく、これからすぐにだ。行けば分かるだろう。さあ、行け」

「えっ、いまから？」

龍之助は怪訝な表情をつくり、いま足を洗って上がったばかりの玄関に戻った。与力部屋から音をたて遠ざかる一歩ごとに、

(平野さま、お赦しを)

心に詫びた。平野与力とはいえ、打ち明けられないのだ。

正門脇の同心詰所で、倉石は田沼屋敷での段取りを話すと、あとは同輩とともに無口になった。よほどきょうの役柄が気に入らないとみえる。

雨の中を三人は蠣殻町に向かった。三人とも裸足で雪駄や草鞋はふところに入れている。傘は龍之助だけで、町人に扮した二人は蓑に笠をかぶっている。その倉石らは龍之助の背後に随った。さすがにこのかたちは龍之助が差配し、二人を従わせた。心中、急《せ》いていた。同時に、

(この段取り、松平定信に感謝すべきか)

雨の中に足を速めた。

雨のせいではない。ひっそりとしている。権力華やかなころなら、大雨だろうが大風だろうが、門前に見舞い客の権門駕籠が列をなし、屋敷の者は大わらわになっていただろう。だがいまは、まだ朝のせいか門の付近に龍之助ら三人のほか、人影はなかった。地面にも、人の往来した形跡はない。

当然、田沼屋敷では迷惑がった。しかし、町奉行所から〝岡っ引〟二人をともなっ

た同心が詰めるのは、

――不測の事態に備え、大目付の指示であれば、断わるわけにはいかない。

屋敷のおもて向きの家臣や中間、腰元たちに、龍之助を知っている者がいないのはさいわいだった。自分たち三人の配置も、龍之助には都合がよかった。玄関に上がれるのは武士である龍之助だけで、〝町人〟の倉石らは玄関口で、来客の下足番をするかたちになった。これも大目付からの指示のようだ。このかたちにより、倉石らは来客の顔が一番よく確かめられる。倉石らの掌握していない顔が来れば龍之助に合図を送り、龍之助は記帳からその者の名と素性を秘かに書き留める……。

午《ひる》近くになった。なおも屋敷全体がひっそりとしている。訪《おとな》いがまったくないわけではない。だが、少ない。数からすれば、肉親でも来ていない者のほうが、

（多い）

ように思われた。訪問者の少ないことは、龍之助にも倉石らにも楽だった。

屋内で、ようやく奥向きの用人とつなぎを取ることができた。用人は、町奉行所から遣わされた同心が龍之助だったことに驚いたようすだった。が、すぐに龍之助の目配せに応じた。そのようすは玄関で〝下足番〟をしている倉石たちにはむろん、屋敷

の者たちにも覚られなかった。

頃合いを計り、

「さっ、いまです」

用人は龍之助に声をかけた。大目付の肝煎《きもいり》とはいえ、奥座敷へ向かう町方に屋敷の者は怪訝な表情をしていたが、奥向きの用人がいざなっているのでは咎めることも事情を訊くこともできない。龍之助もこれまでは裏庭から直接意次の居間の縁側に向かっていたが、正面から屋内を進み奥へ入るのは初めてである。

「お連れいたしました」

奥の部屋で用人は声をかけたが、返事はない。襖《ふすま》を開け、

「さあ」

用人は中をさし示すと、その場から退散した。医師もいない。外の空気を入れるためか、縁側に面した明かり取りの障子が開けられており、そこからの視界にも人の影はなく、両隣の部屋も無人であるのが感じられる。縁側は龍之助にとって、〝父〟である意次と初めて対面した、思い出のあるところだ。

龍之助は枕辺《まくらべ》に座した。

意次は上体を起こすこともできない。痩せ衰え、表情に死期の迫っているのが感じ

られる。その目だけが、そばに来た龍之助を凝《じ》っと見つめている。

「父上」

「おぉぉぉ」

龍之助の言葉に、意次は反応を示した。

「父上、父上……」

それ以外に、龍之助は言葉が出ない。

静かだ。雨の音が、かすかに聞こえる。

龍之助の呼びかけに、意次の表情が微笑《ほほえ》んだ。

が、すぐ真剣な顔になった。

目は、顔を近づける龍之助を見つめている。

口が動いた。

聞き取れた。

「すまぬ……すまぬ……」

「父上」

夏の薄い蒲団《ふとん》がかすかに動いた。手を出したがっているようだ。龍之助は蒲団に手を入れた。カサカサとした、骨ばった手だった。握った。かすかに握り返してきたのを、龍之助は感じた。そのまま龍之助を見つめる目に、涙が浮かんでいた。握ったまま、いくらかの時間がながれた。

隣の部屋に気配がした。

「お脈拝見の時間なれば」

用人の声だ。龍之助はふところから懐紙を取り出し、意次の涙をそっとぬぐい、膝立ちのまま、ゆっくりとうしろに下がった。

意次の目は、なおも龍之助を見つめていた。

襖が開いた。部屋には用人が一人だった。

その次の間に、医師が控えていた。端座したまま、退出する龍之助と目を合わせ、会釈した。その目に、曇りのないことを龍之助は感じた。加勢充次郎は〝鼻薬を効かせて〟などと言っていたが、医師にすれば大目付から訊かれたから病状を話し、危篤に陥ったことも、職務として至急に連絡したのだろう。

見舞い客が弔問客となったのはその日、雨が霧雨のようになった夕刻だった。田沼意次、享年《こら》七十歳だった。奥からの知らせに龍之助は、おのれの表情が変化するのを懸命に堪えた。

龍之助と倉石たちの役務は、それからなお二日間にわたった。

田沼屋敷の門をくぐった人数は、やはり少なかった。その葬儀は、あまりにもしめやか過ぎた。

三日目である。夕刻近く、松平屋敷の一室に次席家老の犬垣伝左衛門と足軽大番頭の加勢充次郎、それに倉石俊造ら足軽組頭二人の顔があった。それらの膝の前には、龍之助が認《したた》めた紙片が広げられている。

枚数は少なかった。武士の名はない。もちろん弔問客のなかには武士もいたが、どの顔も倉石らが素性を認識している者ばかりだった。顔を知らない、三十代と見られる者は男女を合わせて六人だけだった。それらはいずれも屋敷出入りのお店《たな》のあるじ夫婦や大工など職人の棟梁たちであった。

(――町人のほうが、義理堅いぞ)

紙片にその名と素性を記しながら、龍之助は感じたものである。そのなかに、室町の乾物問屋・浜野屋与兵衛《よへえ》の名がないことに龍之助は安堵した。与兵衛は龍之助よりすこし若く、まさしく倉石らが注意を向けている年代層なのだ。

(――来るな、来てはならんぞ)

龍之助は念じていた。浜野屋は龍之助の母・多岐の実家で、いまのあるじの与兵衛は、龍之助の従弟《いとこ》なのだ。

「ふむ。〝隠し子〟が町人として巷間《こうかん》に埋もれていても不思議はない。六人か。で、どうであった」

質《ただ》したのは犬垣伝左衛門だった。町家に出て探査にあたったのは倉石俊造ら二人の組頭配下の足軽たちだったが、差配は加勢充次郎だった。加勢は言った。

「目下のところ、いずれも怪しむべきところはありませぬ。なお、詳細については町方の鬼頭龍之助に依頼し、自身番の人別帳を調べるよう計らっておきます」

「そうか。その北町奉行所の同心、役中頼みは欠かさずしておくように」

「はっ」

加勢は手を畳についた。松平家の〝田沼の隠し子〟探しは、意次が死去したからといってとまることはないようだ。むしろ、いっそう強まる気配を見せている。

「ハアックション」

蝿が鼻の前をかすめ、龍之助が大きくくしゃみをしたのは偶然だったろうか。まったくおなじ日のおなじ時刻。龍之助は神明町の茶店紅亭の奥の部屋にいた。左源太とお甲が来ている。

「へーえ、さようでしたかい。松平の思惑が……皮肉なもんでござんすねえ」

「でも、あの殿さまが、ひっそりと……おいたわしい」

田沼意次はすでに過去の人で、その死が市井で話題になることはなかった。左源太とお甲も、三日後に龍之助から聞いて初めて知ったほどだ。死に際に龍之助が枕辺にわずかとはいえ座すことのできたのが、左源太とお甲にとっても心安らぐものとなっていた。だが、左源太もお甲もどことなく落ち着かず、しゃべり口調もなにかを探るようでぎこちなかった。田沼意次の死を聞いた瞬間、左源太とお甲の胸中には一抹の不安がよぎり、それがなかなか消えなかったのだ。

龍之助は二人のようすからそれを察した。

「あはは。俺はこの芝《しば》の街道筋で育ち、いまじゃこの一帯を預かる同心の旦那だ。つづけるぜ、この稼業をよう」

「兄イ！」

「龍之助さまぁ！」

新たな門出かもしれない。そこに出ているのが、盆に載った湯飲み三つとは絵にならない。日の入りのころ、座は石段下の割烹紅亭に移っていた。もちろん同座したのは、大松の弥五郎と伊三次だ。その座で田沼意次の死は話題にはならない。だが二人とも、龍之助ら三人のようすから、いつもと違ったものがながれているのを感じ取った。しかしそれが何であるかは、当人が話さないでは訊こうとしない。訊かれて困る以前を持つ身は、相手の事情も訊かないものだ。それが弥五郎や伊三次らの生きる世界の仁義である。そこを龍之助は気に入っていた。

座の話題は自然、松平定信の治世になった。弥五郎に限らず、俗に〝寛政の改革〟と言われる定信の治世は、巷間にジワリジワリと影響が出はじめ、同時に怨嗟《えんさ》の声が聞かれはじめているのだ。

「理屈で政事《まつりごと》をやってもらっちゃ困らあ」

言っている者を取り締まるのが、町奉行所の同心の務めだ。だが、神明町の割烹でそれを言ったのは、同心の龍之助だった。

「旦那！　注《つ》がせてくだせえ」

「おう。俺は護るぜ、町衆の生き方をよお」

龍之助はさらに、弥五郎の酌《しゃく》を受けながら言った。

四　貸元の仁義

一

露払いか、町の案内人のように、左源太《さげんた》が先頭を踏んでいる。

「いよっ、千両役者っ」

町角からかかる声に、

「おう、元気かい」

威勢よく返す。いつもの股引《ももひき》と腹掛《はらがけ》に腰切半纏《こしきりばんてん》を三尺帯で決めている。それにつづいているのは、小銀杏《こいちょう》の同心髷《まげ》をピタリとととのえ、着流しに黒羽織をつけた鬼頭龍之助《きとうたつのすけ》である。

往来からの親しみの声は、槍突きや辻斬りを解決したからではない。大捕物があったのは春のまだ浅いころで、いまはもう夏の盛りである。それに槍突きは手柄だったが、辻斬りには龍之助も左源太も活躍していないことになっているのだ。

しかもこの日、町に歩を取っているのは龍之助と左源太の二人だけではなかった。下男の茂市《もいち》が紺看板に梵天帯を締め、木刀を腰に一文字笠をかぶった中間《ちゅうげん》姿で挟箱を担いでつづき、さらにそのうしろには六尺棒を小脇に抱えた奉行所の捕方が三人もついている。定町廻り同心は月に一度、そうした押し出しで持場の町々の自身番を巡回する。松平家の足軽大番頭《おおばんがしら》・加勢《かせ》充次郎《みつじろう》の要請で、田沼意次《たぬまおきつぐ》のしめやかな野辺送りに立ち会ってから十日近くがたつ。すでに月は文月《ふづき》（七月）となっていた。

町角や往来人から親しみを込めた声が龍之助や左源太にかかるのは、街道筋でも芝《しば》の界隈だ。なにしろこの一帯は、龍之助が鹿島神當流は室井《むろい》道場の免許皆伝で、甲州無宿の左源太を引きつれ、町の用心棒よろしく与太を張っていたころの縄張内《しまうち》だ。そこを龍之助は北町奉行所の同心となり、左源太はその岡っ引として巡回しているのだから、住人たちの多くが顔なじみで、思わず声もかけようというものである。

「旦那、つぎは本門前一丁目ですぜ」

左源太が歩きながら顔を龍之助に近づけ、声を忍ばせた。神明町から増上寺門前の大通りに出てきたところだ。増上寺の門前町は神明宮にくらべ桁違《けたちが》いに広く、本門前一丁目から中門前三丁目まで六町もある。それらに一カ所ずつ自身番が設けられているが、そこを仕切っているのが神明町の大松の弥五郎と同業の貸元たちであり、普段は八丁堀が十手をかざして入れるようなところではない。入れるのは、お上で定められた定廻りのときくらいだ。それも通り一遍で、廻ったという形をつくるためだけである。そこは貸元たちも心得ており、この日は同心が町に入ったからといって騒ぎ立てることはなかった。

だが、今回は違った。さきほど神明町の自身番で一息入れたときも、

「――気をつけてくだせえ。面倒が起きれば、及ばずながらあっしがなんとか話をつけやすから」

大松の弥五郎《やごろう》が低声《こごえ》で言ったものだった。実際、弥五郎は顔を増上寺門前に知られていない若い衆二人を、さりげなく廻り方一行のあとにつけた。

増上寺門前の大通りは広場のように広く、武家から町人、権門駕籠《けんもんかご》から町駕籠と、参詣やそぞろ歩きの者でにぎわい、季節によって苗売りや金魚売りたちが触売《ふれうり》の声を上げ、曲独楽《きょくごま》や玉乗り、居合抜の大道芸たちも場所を争うように出ている。

そこを神明町から横切って本門前一丁目に向かう。出《い》で立ちから一目で奉行所の廻り方と分かる。往来の者が、

「へい、旦那」

「これは、これは。ご苦労さんにございます」

道を開ける。

町のほうでは土地《ところ》の若い衆が、

「来やしたぜ、来やしたぜ」

自身番に駈け込んでいた。

「旦那」

「うむ」

左源太がまた振り返り、龍之助は頷《うなず》きを返した。二人とも緊張した表情だ。挟箱の茂市も、六尺棒の捕方三人も、

「――きょうの増上寺は、通り一遍には行かぬかもしれぬぞ」

神明町の自身番を出るとき、龍之助から言われている。

大松の弥五郎が龍之助にそっと告げたのは、田沼意次の野辺送りに立ち会ってから五日目のことだった。割烹《かっぽう》の紅亭《べにてい》で龍之助が左源太にお甲《こう》、弥五郎に伊三次《いさんじ》を前に、

「――つづけるぜ、この稼業（同心）をよう」

言った数日後のことになる。

「――増上寺の賭場《とば》でなにやら騒ぎがあり、どうやら殺しがあったようで。詳細は分かりやせんが、殺されたのは無宿者のようで、その仲間が集まり、同業が手を焼いているそうで」

弥五郎がいう〝増上寺〟とは増上寺門前町で、〝同業〟とは土地の貸元である。詳細は分からず、〝増上寺〟のどの町の賭場か、殺された人数も騒ぎの人数もまだ洩れてきていなかった。

龍之助が廻り方となって〝増上寺〟も廻るという日の前日、つまりきのう、代貸の伊三次がわざわざ八丁堀に左源太と一緒に訪ねて来たのだ。

「――どの町かまだ分かりやせん。殺されたのは一人で、もう一人が同業に捕まり、それを取り戻そうと仲間たちが泊まっていた木賃宿を根城《ねじろ》に、その数は五、六人らしく、睨み合いがつづいて町の人らも手を焼いているとかで」

賭場で殺された原因は分からない。ともかく騒いだ客が、貸元の若い衆につい、

「――はずみで殺されたようで」

無宿者なら死体などおもてに出ず、闇から闇に葬られ、その日のうちに騒ぎなどなかったように処理される。だが、そうはならなかった。一人が塒《ねぐら》の木賃宿に逃げ帰って急を知らせ、仲間たちは逃げ出すどころか捕まった者を取り戻そうと賭場へ押しか

け、さらに木賃宿に立て籠《こも》ったということらしい。

「――たぶん無宿者でも、江戸の町を知らねえ新参者と思いやす」

伊三次は言っていた。知っている者なら、賭場で騒げばどれほど面倒なことになるか、たとえ仲間の数がそろっていても、貸元一家を相手に喧嘩をしようなどは思いもよらないだろう。

「――盛り場の仕組を知らねえ連中の、跳ね上がりでやしょうかねえ」

「――そういうのが一番恐《こえ》えんでさあ」

左源太が言ったのへ、伊三次は他人事《ひとごと》ならず深刻な表情で言ったものだった。

力ずくで押さえ込んでいいものではない。死体が一体や二体なら、闇に葬るのなど貸元たちにはお手のものだ。だが五体、六体となればそうは行かない。そのうえ派手な騒ぎになれば、それこそ闇に葬るのは無理となり、たとえそこが門前町であっても奉行所が乗り出さねばならなくなる。とくに神明町のように貸元が大松の弥五郎一人ではなく、同業がひしめき縄張が入り組んでいる土地《ところ》ではなおさらだ。騒ぎの発端となった貸元は、周囲から捕方を町に入れた責任を取らされ、その縄張は他の貸元たちの草刈場となり、それこそ一帯は騒然とし遊び客が寄りつかなくなる。

「――賭場は本門前二丁目で、木賃宿は中門前三丁目って分かりやしたぜ。伊三兄《いさあに》イが聞き込んでくれやしてね」

左源太が深刻な顔で八丁堀まで知らせに走ったのは、定廻りに出る日の早朝だった。増上寺に隣接する神明町でもこれまで容易に実態がつかめなかったのは、それだけ土地の貸元衆が外部に洩れないよう気を配っていたことになる。原因は甲州無宿が三人、本門前二丁目の賭場に上がり負けが込んで〝イカサマだあ〟と騒ぎだし、お決まりの〝おもてへ出ろい〟となって一人が賭場の若い衆に殺され、一人が簀巻《すま》きにされて物置へ放り込まれ、一人が塒《ねぐら》の木賃宿に逃げ帰って仲間に知らせ、そこで五、六人が賭場に押しかけたということらしい。

「――そこで騒ぎになり、本門前と中門前の貸元が出てきてその場は収めたものの、無宿連中が捕まえた仲間を放せ、殺したやつを引き渡せと木賃宿に立て籠ったらしいんでさあ。なんともまあ大胆なことをするやつらですぜ」

左源太が深刻な顔になるのはもっともだった。槍突き五助も甲州無宿で、それが幾人もとなれば、事態の先が読めなくなる。

左源太はさらに、

「――伊三兄イが言うには、無宿人たちゃあ破れかぶれで、土地の貸元さんたちは血を流す騒ぎになるのを恐れ、どうなだめてどうおもてにならねえように収めようかとオロオロしてるそうでさあ」

　話を聞き、オロオロしたいのは龍之助のほうだった。もし与力も出張り龍之助が大人数の捕方の先頭に立って〝増上寺〟に打ち込むことになれば、これまでの門前町の秩序を根こそぎ破壊することになる。そのあと事態はどうなるか。めでたしめでたしになるはずがない。新たな貸元たちがしのぎを削り、大松の弥五郎も黙っていないかもしれず、新たな秩序ができるまで流血の騒ぎはなくならないだろう。それが幾月つづくか、それとも一年か二年か……。その矢面《やおもて》に立つのは、

（俺ではないか）

　思っただけでもゾッとする。

　ちなみに、かつては寺社の門前町に町方が入ることはできなかった。門前町は寺社の境内《けいだい》と地続きということで、寺社奉行の管掌地《かんしょうち》だったのだ。しかし寺社奉行は大名家で、武士はいても町奉行所のように与力から同心、捕方といった警察組織を持たない。勢い門前町には私娼窟《くつ》ができ賭場が立ち、それらの客を当て込んだ飲食の店が繁盛した。そうなれば、町の治安を握るのは無頼の顔利きたちということになる。ならば自然のなりゆきか、盗賊や掏摸《すり》、殺しの犯罪者などが門前町に逃げ込んでも町方は追捕できなかった。これじゃまずいというので門前町は町奉行の管轄となり、寺社

奉行の管掌は山門や鳥居《とりい》の内側だけとなった。延享《えんきょう》二年（一七四五）で、いま龍之助が同心を張っている天明の時代より四十年ほど前のことである。ところが長年にわたってできあがった仕組は、そう簡単に崩れるものではない。門前町に逃げ込んだ盗賊を同心が捕方を引き連れ踏み込もうとしても、土地の顔利きから、

「旦那、この町のことはお任《き》せくだせえ」

言われれば、同心たちは肯く以外になかった。顔利きたちもまたその任務をよく果たした。とくに飲み屋街での客同士の喧嘩や店と客の揉め事など、同心が駈けつけるよりも無頼の顔利きたちのほうがはるかに迅速で、かつ要領よく解決していた。飲食の店や岡場所は、町方よりもそうしたほうを頼りにしたのだ。それが町々に縄を張った貸元たちということになる。

その増上寺門前町へ、貸元たちが隠したがっている揉め事の最中に、龍之助を中心とした廻り方の一行が入ろうとしているのだ。

いつものとおり、増上寺の大門《だいもん》に一番近い、本門前一丁目からだった。ここを押さえている貸元が、この門前町一帯の一番の顔利きということになる。

踏み入った。自身番はおもての大通りから脇道を一本入ったところにある。往還に面した腰高障子に〝本門前一丁目　自身番〟と墨書されている。きょうはその文字が

不気味に見える。脇道とはいえ、増上寺門前町の一等地だ。行商人の触売の声も聞こえれば往来人も多い。

廻り方の足は近づいた。

「ご苦労さんでございます」

参詣人であろうか、丁稚を連れたお店《たな》のあるじ風の男が道を開け、近くを歩いていた女の二人連れも、同心の黒羽織に軽く会釈して脇へそれた。

一行は自身番の腰高障子の前に立った。

「旦那さま、大丈夫じゃろか」

茂市が心配そうに言い、捕方たちも緊張の態《てい》で、六尺棒を持つ手に力を入れた。中には貸元をはじめ町役たちがいるはずだ。

龍之助は声を上げた。配下の者たちに気合いを入れるためか、あるいは自分自身の気を奮い起こすためか、

「おい。中の町役たちーっ」

いつもより大きな声になっていた。

「はあーあ」

「この町に変わったことはないかーっ」

「へえーえ」

「よーし」

それだけだった。いつもどおりだ。本門前一丁目は、無事通過となった。普段の定廻りはこの要領で次つぎと進んでいく。なにか事があれば腰高障子が開き、

「旦那、聞いてくださいまし」

と、町役たちが中に招き入れることになるが、そうしたことはめったにない。いずれの町でも、少々のことなら町内で処理しているのだ。

次は賭場で殺しがあったという本門前二丁目である。増上寺の門前町は本門前も中門前も、大門の大通りから南へ一丁目から二丁目、三丁目とつづき、徐々に人の出も商舗も少なくなる。三丁目ともなれば下流に東海道の金杉橋が架かる新堀川《にいぼりがわ》に接し、夜になっても飲み屋の提灯もまばらとなり、木賃宿やおもてから見ればなにやら分からない私娼窟などがあって、いかにも場末といった雰囲気になる。

「旦那、次ですぜ」

「ふむ」

左源太の声に龍之助は頷き、

「行くぞ」

「へい」

一行は、増上寺門前町の奥へと歩を進めた。

二

一歩裏手に入ると道幅は狭く入りくんでいるが、まだ午前《ひるまえ》だから人出は多くない。どの路地が町と町の境なのかも定かでない。通りの一本や二本など、そのときの力関係で変わることもあるのだ。だからこうした土地では貸元同士の諍《いさか》いが絶えず、それだけ町を仕切る旨味《うまみ》も多い。お上の定めでも、夕刻近くにそうした土地へ定廻りをかけたなら、それだけで町に緊張が走る。だから龍之助に限らず、持場に門前町を抱える同心たちは、そうした土地は午前中にまわるようにしている。

「あ、これはお奉行所のご一行さま。ご苦労さんにございます」

いかにも遊び人といった風体の男が枝道の脇に寄り、軽く会釈した。

「おう、おめえさん。見張り役かい」

左源太がからかうように言ったのへ、男は顔を上げ一瞬表情を険しくした。

「左源太さん」

茂市が背後からたしなめ、

「旦那さま」

龍之助をうながした。すぐ前の腰高障子に〃本門前二丁目　自身番〃の文字が浮かんでいる。

「ふむ」

龍之助は頷き、

「中の番人、この町はどうかーっ。異常はないかー」

「へーえ、ございませーん」

「よーし、次」

「へいっ」

職人姿の左源太は応じ、さらに奥へ足を向けた。龍之助はそれにつづき、茂市と捕方三人も二丁目の自身番の前を離れた。中ではホッと安堵の息をついていることだろう。このまま廻り方の一行が三丁目に入ったなら、二丁目の賭場で起きた殺しも、いまつづいている無宿者との対峙もないことになる。

「いいんですかい、これで」

「ふふ。気がつかんか」

左源太が不満そうに首をうしろに向けたのへ、

「ま、見ておれ」

龍之助はつづけ、前へ進むように左源太をうながした。前面の、まだ戸を閉じている飲み屋の角を曲がって歩を進めれば、そこはもう三丁目だ。

「ん？」

一番うしろの捕方が振り返った。

(来たな)

龍之助は歩をとめ、

「左源太、とまれ」

「えっ」

左源太が不満と怪訝を含んだ表情で振り返ったのと同時だった。二丁目の自身番がある往還から、質素な単《ひとえ》の着物の裾《すそ》をたくし上げ、

「お頼み申しまするーっ」

叫びながら若い女が走り出てきた。

「な、なんだ。あの女は！」

驚きの声を上げたのは、廻り方の去ったのを確かめるように、二丁目の自身番から

出てきたこの町の貸元だった。名を源兵衛《げんべえ》といい、町では二ノ源《にのげん》と呼ばれている。

龍之助は門前の大通りを横切り本門前一丁目の脇道に入ったときから、この女に気づいていた。若いのに化粧もなく髷も結わず、無造作にうしろへ垂らし結び髪にした女だった。その髪を振り乱している。

「こらっ、待て！」

角の向こうから聞こえた声と同時だった。

「捕方！　その女を助《すけ》ろ！」

「おーっ」

捕方はこうした場面に慣れている。

「お頼み申しまするーっ」

なおも叫び、駈け寄る女を、

「おぉう」

一人が抱きとめるなり、あとの二人はいま来た角へ戻るように踏み込み、六尺棒を構えた。左源太も身構え、

「おっと、そういうことでしたかいっ」

「待て。こっちから手を出してはいかん！」

腹掛の口袋に手を入れ分銅縄を取り出そうとしたのを、龍之助は手でとめた。

「おう、八丁堀の旦那！　此処《ここ》は俺の縄張内《しまうち》ですぜ。その女、なにを騒いでいるのか知りやせんが、渡してもらいやしょうかい」

二ノ源は六尺棒にさえぎられ、いまいましそうに言った。狐目の見るからに一癖ありそうな遊び人の顔立ちだ。

「どうした、どうした」

「親分、人数を集めやしょうかい」

さすがは二ノ源が縄張内と言うだけのことはある。周囲にはみるみる若い者が集まり、廻り方と束ね髪の女を取巻いた。さらに堅気《かたぎ》の野次馬たちも集まってくる。すでに脇道は人の群れで塞がったようだ。二ノ源は六尺棒を払って進み出ることはできない。龍之助の鹿島新當流免許皆伝の腕を、一円の与太なら知らぬ者はいない。それだけではない。お上の定めた定廻りの役人に襲いかかったとなれば、たちまちこの門前町のこれまでの構造は崩れ、大騒ぎとなる。きっかけをつくった二ノ源は、捕縛を免れても命はないだろう。始末するのは周囲の貸元たちであり、その首をお上に差し出し、引き替えに門前町の現状維持を図ることになるだろう。

龍之助はそこを読んでいる。二ノ源の前に進み出た。

「渡せねえな」

門前町といえど、廻り方に飛び込んできた娘を無頼の者に渡したなら、龍之助は朱房の十手を奉行所に返納し、八丁堀の組屋敷を出なければならなくなるだろう。それに龍之助は、

（この娘、百姓女で江戸へながれてきた無宿者）

看《み》て取っている。ということは、中門前三丁目の木賃宿に陣取っている無宿者たちの仲間……。左源太も娘が飛び出してきたとき、それを感じたはずだ。以前の自分やお甲と、おなじにおいがするのだ。

二ノ源にすれば、

「な、なんだと」

虚勢を張らざるを得ない。子分や町の住人や参詣の衆が見ているのだ。縄張内で奉行所の役人に〝越訴《おっそ》〟されるなど、これほど顔を潰されるものはない。その思いからであり、この女が一連の騒動に関わりのある者かどうかまでは、まだ見分けがついていない。

「この娘、北町奉行所預かりとする」

「むむむっ」

龍之助の押し出しに、二ノ源は唸《うな》る以外になかった。だが、廻り方はこれで安心というわけではない。若い衆のなかには命知らずもいよう。いきなり斬りかかってこないとも限らない。伊三次の言ではないが、

「——そういうのが一番恐《こえ》えんでさあ」

場の均衡を崩すことほど危険なことはない。龍之助も左源太も捕方たちも〝越訴〟の娘を護るように身構えている。茂市は挟箱を担いだまま軒端に身を寄せ、

「旦那さま。この御用箱には捕縄《とりなわ》も鎖帷子《くさりかたびら》も入っておりますっ」

思いっきり大きな声を出したのは、さすがに八丁堀組屋敷の下男だ。野次馬のなかには、若い衆を引き連れた本門前一丁目の貸元の顔もあった。事態を見守っている。若い衆やこの町の住人や酌婦、堅気の衆らの数はますます増える。

娘が言った。

「こ、この人たち！　人殺しですーっ」

「な、なんだとぉ！」

娘に指さされた二ノ源は焦った。

(あやつらの仲間！)

覚《さと》ったのだ。

「さあ、行くぞ。呉服橋御門、北町奉行所だ」

「うううっ」

周囲の若い衆から呻きが洩れる。いきなり抜刀して飛びかかってきても、不思議はない雰囲気だ。左源太はすでに分銅縄を手にし、龍之助も十手ではなく刀の柄に手をかけた。野次馬たちは、

「おおぉぉ」

あとずさりし背後の者たちと押し合っている。そのうしろにざわめきが起こった。

「おっ。来てくれやしたぜ」

「うむ」

緊迫のなかに左源太の声はかすれ、頷いた龍之助の声にはホッとしたものが感じられた。

「おっと、この町の衆。通しておくんなせえ」

人混みをかき分け出てきたのは、大松の弥五郎と伊三次だった。あとに尾《つ》いていた若い衆の一人が神明町に駈け戻って事態を知らせ、急ぎ来た弥五郎と伊三次に、もう一人の若い衆が素早く現場の状況を説明していた。若い衆は二人とも、本門前一丁目のときから結び髪の娘に気づいていた。娘は物陰から本門前一丁目と二丁目の自身番

での廻り方のようすを見守っていた。一丁目のときはさほどでもなかったが、二丁目の前もなかば素通り同然に一行が離れたとき、

「いかにも落胆したように肩を落とし、そのあとすぐ、意を決したように鬼頭の旦那の一行に飛び込んで行ったのでさあ」

大松の若い衆は弥五郎と伊三次に話した。龍之助は娘に気づいたときから、こうなることを予測し、期待していたのだ。

それればかりではない。中門前三丁目の貸元は助次郎《すけじろう》といい、三ノ助《さんのすけ》とか三助《さんすけ》などと呼ばれているかなり太った、動きのゆったりとした男だが、三ノ助はともかく三助と呼ばれることにはいつも腹を立てていた。こうした男でも貸元の看板を張っておられるのは、場所が増上寺門前町でも一番端《はし》っこで、いわば辺鄙《へんぴ》な地だからだろう。この三ノ助が二ノ源との諍いを恐れ、木賃宿に陣取った五人の甲州無宿が一歩も外へ出られないように見張っていることは、弥五郎たちは知っていた。それはまた、二ノ源からの要請でもあることは、誰でも容易に想像できた。だが、甲州無宿に女もいることは二ノ源も三ノ助も気づかず、見張りに洩れ穴があったようだ。

甲州無宿たちは、土地の無頼どもを相手に喧嘩状態となったからには、下手をすれば命がなくなることに気づいているだろう。だとすれば結び髪の女の〝越訴〟は、二

ノ源一家の殺しをおもてにし、監禁されている仲間を救い出すための、（一か八かの賭け）

であることは、大松の若い衆もさらに龍之助もその場で感じ取った。

小柄で丸顔の坊主頭の男に、

（留め男？）

遊び人たちはその顔を知っているが、野次馬たちは知らない。

「隣り合わせの誼《よしみ》で来させてもらいやした」

弥五郎は二ノ源の前に立った。

「うっ」

圧倒されたように二ノ源は一歩うしろへ下り、野次馬たちは〝留め男〟の目の鋭さに気づいたか固唾《かたず》を呑み、ざわついていた動きはとまった。それら衆人環視のなかに弥五郎は言った。

「この娘、あんたにゃ許せねえことは分かるぜ。だがよ、同心の旦那も懐《ふところ》に飛び込んできた者を渡すわけにゃいくめえよ。どうだろう、隣町の兄弟《きょうでえ》」

「なにか、あんたに考えがありなさるかい」

二ノ源は救いを求める目になっている。

「俺に預からしてもらえめえか」

「なに！」

「おっと、神明町《うち》の自身番で預かろうてんじゃねえ。もみじ屋で預からせてもらおうかい。その上でお互い、向後を図ろうじゃねえか」

「おぉう。それは妙案だぜ」

　声を上げたのは、若い衆をつれ出張ってきていた本門前一丁目の貸元だった。矢八《やはち》郎《ろう》といい、通称は一ノ矢《いちのや》で増上寺門前町の一等地を仕切っているだけあって、なかなか渋みのある面構《つらがま》えだ。

　神明町のもみじ屋といえば、おもて向きは小料理屋だが大松一家の賭場であり、そこに女壺振りのお甲が出ていることを、増上寺門前の貸元やその配下たちで知らぬ者はいない。自身番ならおもて向きは町奉行所の管掌だが、もみじ屋はその逆である。

（役人に屈したことにはならない）

　二ノ源の顔は立つ。

「うーん」

　唸った二ノ源は、

「よござんすかえ」

同心姿の龍之助に、窺《うかが》うような視線を向けた。

「よかろう」

「よし、決まりだな」

龍之助の頷きに、本門前一丁目の一ノ矢がすかさずつないだ。周囲には安堵の空気がながれるのと同時に、野次馬たちには何事かを期待したものがながれ去った雰囲気がただよったが、

「あゝ、よかった」

酌婦の声に、

「一時はどうなるかと思いましたよ」

お店者風の声も聞かれた。

「さあ。おめえ、こちらの旦那について行きねえ。悪いようにはならねえから」

左源太が娘をうながし、

「まったく、おめえってやつは。だっちもねー」

「えっ」

思わず出た甲州訛《なま》りへ、娘は驚いたように左源太の顔を見つめた。

「そうよ。おらあ小仏《こぼとけ》の産よ」

娘の顔に、安堵の色が見られた。

塞がれていた脇道に、ようやく口が開いた。

廻り方の一行はそのまま何事もなかったように、本門前二丁目から三丁目にまわり、さらに中門前三丁目に入った。

いずれも、

「番人！　変わったことはないか」

「はあーあ」

中門前二丁目、一丁目とまわって一行はふたたび増上寺大門の大通りに出た。その日の定廻りはそこで終わり、一向は茶店の紅亭で一息入れた。

三

その日の夕刻近くである。神明町のもみじ屋には龍之助に左源太、大松の弥五郎に伊三次、いかにも遊び人風の二ノ源と太めの三ノ助、さらに見とどけ人として渋い面構えの一ノ矢がそろった。賭場は開かれず、もみじ屋はこの日、正真正銘の小料理屋になった。別の部屋には開帳でもないのにお甲が呼ばれ、

「ほうけえ、やっぱりあんたも」

「ほんま、姐さんも甲州ずら」

娘とうちとけていた。お末《すえ》といい、歳は十八でそれがなんと、聞けば槍突き五助の妹だというではないか。

「うっ」

と、お甲は息を飲んだ。だが女壺振りのお甲だ。お末に顔の変化を覚られるようなヘマはしない。お甲とお末の、打ち解けた話はそのまま進んだ。いま二ノ源に監禁されている男も、おなじ村の従兄弟《いとこ》だという。女無宿はもう一人いるが、まだ十三歳の子供で成り行きに怯え、外にも出られない状態になってしまい、

「だっちもにゃあで、あたい一人でお役人さんにくわっついたす」

お末は言っていた。やるかたなく、役人にくらいついたと言っている。

龍之助ら七人のそろった部屋は、緊張に包まれている。

「そもそもの発端は、おめえさんの縄張《しま》で起こしたことじゃねえのかい」

「なに言いやがる。あんな無宿者を幾人《いくたり》も泊めて、宿賃が払えなくなりゃあ、博打で稼いでこいとそそのかしたのは、おめえさんじゃねえのかい」

「それを殺すこたあねえだろう。それに一人をとっつかまえて物置に閉じ込めるなん

せやがってよ」
「だからなに言ってやがるんでぇ。おめえんとこの宿を根城に俺んとこへ押しかけさ
ざ、こっちはえらい迷惑だぜ」
「俺がやらせたんじゃねえ。言ってるだろう、こっちは迷惑だって。それを出られね
えようにしろなんて言ってきやがってよう」
本門前二丁目の二ノ源と中門前三丁目の三ノ助が、際限なく揉めようとしているの
へ、
「いい加減にしねえか、おめえら」
龍之助が割り込んだ。全員が胡坐《あぐら》を組んで車座になっている。龍之助は十手を出し
ていない。黒羽織も脱いだ着流しで、奉行所の同心ではなくかつて〝街道の用心棒〟
を気取っていたころの姿になっている。さきほど車座に、二ノ源が捕まえている甲州
無宿は解き放し、
「――柳営のご老中さんが、無宿者はすべて元の在所に追い返せと人返《ひとがえ》しを奨励なさ
っておいでだ。中門前三丁目の木賃宿に巣喰っている無宿者はすべて、この神明町の
い、もみじ屋で暫時《ざんじ》預かるってのはどうでぇ。そのあと、俺があいつら男も女も元の在所
に帰るよう段取りしようじゃねえか」

ここまでは二ノ源も三ノ助も異存はなく、むしろ龍之助の提案をありがたく拝聴していた。一ノ矢は談合に入る前、龍之助にそっと言っていた。

「――二ノ源の野郎め、一人を葬り一人をとっつかまえたはいいが、そこへなまじっか無宿人どもが押しかけて来たもんだから、とっつかまえたのをかえって放せなくなっちまったって、そういうところでさあ」

かれらの揉め事の根本は、殺しはともかく、その程度の意地の張り合いなのだ。

二ノ源と三ノ助は、

「――ついては二ノ源と三ノ助よ、やつらに甲州までの路銀を出してやんねえ」

と、龍之助が言ったことから、額をめぐってまた揉めだしたのだ。龍之助はさらに言っていた。

「――これで収まりゃあ、本門前二丁目で殺しがあったことは、知らなかったことにしようかい。ただし、手を下した野郎は増上寺だけじゃねえ、お江戸から終生所払《ところばら》いにしろい」

「――俺は賛成だぜ」

言ったのは、見とどけ人の一ノ矢だった。これまでかれらは、縄張内で殺しがあったときなど、そのようにして解決を図ってきたのだ。だが、所払いはおよそ五年か十年で、永久というのはこれまでになく重いものだった。そこへ一ノ矢が賛同したのは、やはり奉行所の役人である龍之助の裁定だったからであろう。

その龍之助が二人の罵《のの》り合いに割って入ってから、二ノ源は言った。

「賭場で騒いだ野郎に路銀までやって、そのうえ一家《うち》の若い者を終生所払いたあ、あんまりですぜ。これじゃあこれからわしら、開帳ができなくなりまさあ」

「うるせえ！」

龍之助は一喝を浴びせた。しかも一ノ矢、二ノ源、それに太めで動作の鈍そうな三ノ助へ順に視線を送り、

「おめえたち、知らねえたあ言わせねえぜ」

と、ここで十手風を吹かせた。

今年の初め、龍之助たちが槍突き五助を捕らえ、辻斬りの関根寛輔《せきねかんすけ》の正体がまだ分からず、松平定信が〝なんとしても生け捕れ〟と檄を飛ばしていた睦月《むつき》（一月）下旬のことである。定信は南北両奉行所のみならず、大目付、目付にも同様の下知を出していた。

――賭博の事、厳にこれを禁ず
添付された文を要約すれば、

——賭場を開いているようなところは、盗賊、無宿者、駈落《かけお》ち者などの駈込み場所になっている。はなはだけしからん。これを厳に取り締れば、田沼時代に頽廃した風俗はよろしく革《あらた》まるはずである

と、なる。さらに文面はつづいた。

——茶屋や辻のみならず、武家屋敷、寺社などにおいても博徒に場を貸している輩がいると聞く。よって直接博打に手を染めなくとも、これに関わった先々までも容赦なく罰せよ

これの主旨は江戸市中の高札場に貼り出され、いまも出ている。だがそのころ江戸市中の関心事は辻斬りにあり、この高札はさほど人々の話題にならなかった。ところがいま、定信は睦月の下知を柳営であらためて強調し、町奉行所にも沙汰《さた》し、定町廻りの同心たちは高札場に記《しる》された文面を書状にしたものを、持場の町々の自身番にあらためて配布していた。だから龍之助は〝知らねえとは言わせねえ〟と啖呵を切ったのである。

しかし、弥五郎が指定し龍之助が承知した神明町のもみじ屋こそ、大松一家の常設の賭場ではないか。当然、増上寺門前町の貸元たちはそれを知っている。だから、この同心の調停をおとなしく受け入れているのだ。

普段なら盆茣蓙《ぼんござ》が敷かれる部屋で、龍之助はさらに言った。

「博打とはなあ、諸人《もろびと》のささやかな遊びだ。時にはイカサマもよかろう。だがな、それが一人に大勝ちさせたり大負けさせたりするもんであっちゃならねえ。遊びに来てくれた堅気の人らに、そんなのが出ねえようにイカサマは使うもんだ。いいかい、楽しく遊んでもらうように按配《あんばい》するのがイカサマの技《わざ》ってえもんだ。それをなんでえ。元手も欠《とぼ》しい客に、餡入《あんい》りの賽《さい》でも使ったかい。身ぐるみ剝ぐまで巻き上げて、騒がれれば殺しだと！　許せねえぜ」

「お、俺の賭場で、餡入りなど使っちゃいねえ」

二ノ源は抗弁するように言った。中に鉛を仕込んで重心を変え、一定の目が出やすいように細工した餡入りのサイコロは、イカサマの典型的な手法だ。

「そりゃあ二丁目の、筋がとおらねえぜ。餡入りを使ったかどうかは、現場を押さえねえ限り分からねえ。ともかくいまは、三ノ助どんの縄張《しま》にいる無宿者たちと二ノ源の若い者らが騒ぎを起こすのを、どう防いで水に流すかじゃねえのかい」

「そ、そうだぜ。本門前二丁目の人」

一ノ矢が言ったのへ三ノ助がつないだ。やはり貸元同士のあいだでも、殺しまでやってしまった二ノ源の旗色は悪い。この成り行きに、龍之助は満足だった。大松の弥五郎が締めくくるように言った。

「どうだろう。一ノ矢の親分さんも賛同してなさることだ。ここは一つ、同心の旦那の言いなさることを受け入れりゃあ、丸く収まるんじゃねえのかい。これが別の同心の旦那だったなら、二ノ源の。おめえさんとこから、打首か遠島の者が出るところだぜ。そうなりゃあ、おめえさんの面目は丸つぶれになるばかりか、増上寺さんのご門前は蜂の巣を突《つつ》いたみてえになっちまうぜ」

「ううっ」

二ノ源は呻《うめ》き、一ノ矢と三ノ助は肯是《こうぜ》の頷《うなず》きを示した。

さらに弥五郎はつづけた。

「そうしてケジメをつけりゃあ、鬼頭の旦那のことだ。これまでの一切はなかったことにして、これからも堅気の衆に息抜きをしてもらう場としての仁義を守っていりゃあ、高札にあるような堅苦しいことは言わねえと、そうおっしゃってるんじゃございませんかい。ねえ、鬼頭さま」

弥五郎に視線を向けられ、

「うふふ。そういやあ、此処《ここ》も誰かさんの賭場だったなあ」

龍之助は苦笑いを見せた。

外はもう暗くなっている。

大松一家の若い衆が提灯で足元を照らし、二ノ源に伊三次と左源太がつき添い、監禁されている甲州無宿を引き取りに行ったのは、そのあとすぐだった。

それの帰りを待つあいだ、

「龍之助さま、ちょっと」

お甲が龍之助を、暗い廊下の隅に呼んだ。

怪訝そうな顔をする龍之助に、

「あの飛び込みの娘さん、お末さんて名なんだけど、実はねえ……」

槍突き五助の妹であることを話した。

「ゲェ」

驚きを龍之助は顔にも声にも出した。

「シーッ」

お甲は叱声をかぶせた。左源太が分銅縄を投げてお甲が手裏剣を打ち、龍之助が十手で打ちすえ生け捕ったばかりに、五助は磔《はりつけ》になり、首は獄門台にかけられたのだ。

龍之助はソッと言った。

「隠すこともねえが、わざわざ言うこともねえ」

「そ、そう。あたしも、そのように……」

二人は明らかに狼狽している。

「ともかくだ、その妹、お末といったか」

「はい」

「それが俺の定廻りに飛び込んできたのは、こりゃあ五助の引き合わせだぜ」

「え、えぇ」

「お末にその仲間の甲州無宿たち、懇《ねんご》ろに里へ送り返してやらなきゃならねえって、五助の声かもしれねえ」

「あい」

お甲は頷いた。

「ありゃ、お甲姐さん。どこやと思うたら、ここずら」

暗い廊下に聞こえたお末の声の明るかったのが、龍之助をホッとさせた。

左源太たちが戻ってきた。男はかなり痛めつけられたか、顔は腫れ、自分の足で歩いてはいるが、伊三次の肩につかまっていた。

「わっ。おみゃぁ、こないに！」

お末の声に龍之助は、

「こりゃあ二ノ源に、相当出させなきゃならんな」

言っていた。二ノ源がいくら路銀を出すか、まだ決まっていないのだ。

中門前三丁目にはすでに三ノ助が戻っており、龍之助とお甲、お末と大松の若い衆数人が、甲州無宿の五人と小娘一人を引き取りに行った。

四

奉行所の同心が来たことに、中門前三丁目の木賃宿では緊張が走った。だが、お末も一緒であり、それに甲州訛《なま》りの左源太とお甲がいる。互いに顔を知らずとも、切羽詰ったところに聞くお国訛りには、ホッとした安らぎを覚えるものがある。男女七人の甲州無宿は、大松の若い衆らの照らす提灯の灯りを頼りに、同心の龍之助を先頭に左源太やお甲に護られ、神明町のもみじ屋に向かった。

角を曲がり、一瞬提灯の灯りが龍之助の身辺から消えたとき、

（ふふふ）

心中に微笑《ほほえ》み、表情が和《なご》んだ。賭場を開いているようなところは、無宿者などの駆込み場所になっている……厳しく取り締れ。松平定信は下知している。それを促進し

なければならない奉行所の同心がいま、無宿者たちを賭場に保護し、これも定信の下知である人返しを実践しようとしているのだ。そこに矛盾はない。あるとすれば、

（松平の殿さん、あんただぜ）

龍之助の顔が、ふたたび提灯の灯りに照らされた。

このとき、本門前二丁目に異変が起きていた。所払いは明日早朝におこなわれる。

二ノ源は行灯の灯りのなかに若い衆を集め、告げた。

「親分！　あっしゃあ賭場を守るために殺《や》ったんですぜ。それがどうして所払い！」

騒いだ甲州無宿を、思わず刺した若い衆だ。言い分はあろう。それが所払い、すなわち追放だ。しかも永久に、この世界でもう生きていけない。若い衆は執拗だった。

「うるせえっ」

二ノ源は脇差で男を刺した。激情に駆られたからかもしれない。だが、そればかりではなかった。心ノ臓を一突きで即死させたのは、その若い衆への思いやりであったろうか。知らせはすぐに神明町のもみじ屋と隣の一ノ矢の許《もと》に走った。

中門前三丁目から戻ってきたばかりの龍之助に弥五郎、それにあのとき賭場で騒ぎかろうじて木賃宿に逃げ帰って仲間に事態を知らせた男が駆けつけた。急を聞き、一

ノ矢の矢八郎も走った。

「ま、ま、ま、間違いありゃあせん。この者ですら、刺したのは」

逃げ帰った男は証言した。二ノ源は、龍之助の調停以上の処置をしたのだ。

「うむ」

弥五郎は頷《うなず》き、一ノ矢は唸《うな》った。一家として〝自裁〟しケジメをつけた者へ、これ以上の圧力をかけることはできない。それもまた、貸元仲間の仁義であった。


それから二日間ほど、甲州無宿の男五人と女二人は、もみじ屋から一歩も出ることなく過ごした。大松の弥五郎が、

「おめえらはなあ、俺が同心の鬼頭さまから預かっている身だ」

と、外出を許さなかったのだ。話を聞けば、やはり在所は飢饉《ききん》で荒れ果て、餓死するよりは江戸でなんとか喰いつなぎ……と出てきた若者たちだった。

左源太とお甲はもみじ屋へ二日ともようすを見に行った。甲州訛りが懐かしい。左源太が話のなかに、

「甲州よなあ。おらにゃできねえ、根性《じく》のある、えりゃーやつが……」

「兄《あに》さん、ちょっと」

槍突き五助の名を舌頭に乗せようとしたのを、あわててお甲は用事があるふりをして部屋の外に引いた。

果たして左源太も、

「すりゃあ、まっことかい」

仰天した。爾後《じご》、左源太がかれらと話すとき、話題はもっぱら在所のようすだけとなり、

「龍兄イ《たつあに》がなんとか按配してくれようよ」

と、お江戸の捕物を話題にすることはなかった。お末も連座になるのを恐れているのか、お甲以外にその話はしなかった。

甲州無宿であった一行が、龍之助が奉行所で用意した里帰りの道中手形をふところに江戸をあとにしたのは、もみじ屋に入ってから三日目である。龍之助が用意したのは手形だけではなかった。最初は香典の名目で二ノ源に多額の路銀を出させるつもりだったが、〝自裁〟したのではそれはフイになり、監禁し痛めつけた相手への療治料だけで十両が精一杯だった。また、甲州屋右左次郎が同郷の誼《よしみ》で十両を餞別《せんべつ》として出した。右左次郎は一度だけもみじ屋を訪ね、

「おみゃぁら、もう江戸へなんか出てこんこっちゃ」

「へえ、もうこりごりですら」

言われたのへ、かれらは応えていた。仲間を刺した男が、その親分に殺されたのへ最も仰天し、全身の凍る思いをしたのはかれらだったのだ。

さらに龍之助も十両を出した。

「お上からのお慈悲だ」

龍之助は言った。外れてはいない。松平家から届いた役中頼みの菓子折りの底に忍ばせてあった金子なのだ。

（お末への手当て）

左源太とお甲は思ったものだ。合計三十両といえば、江戸の職人の三年分の稼ぎに相当する。七人がそれぞれの在所に帰り、荒れ果てていても当面をしのぐには充分な額だ。

龍之助は監視の意味で甲州街道の四ツ谷《よつや》大木戸まで見送り、左源太とお甲もついてきた。

大木戸での別れに、かれらは幾度も幾度も振り返り、ふかぶかと辞儀をしていた。四ツ谷大木戸を出れば、すぐそこは甲州街道最初の宿場となる内藤新宿《ないとうしんじゅく》だ。終日人通りは多い。その人混みのなかにかれらの背が消えたとき、

「せめて五助の遺髪でも、用意してやりたかったなあ」

龍之助はポツリと言った。槍突き五助の首が獄門台にかけられたのは、もう半年も前のことになる。鈴ケ森の刑場に行っても、かけらも残っていないだろう。

大木戸できびすを返したとき、

「ふーっ」

左源太は一息つき、

「へへ。きょうは分銅縄、持って来やせんでしたぜ。持ってくるだけでも、あいつらにゃ悪いと思いやしてねえ」

「あら、そういえばあたしも。手裏剣など、持って来ようなど思いもしなかった」

お甲がつづけた。

帰りはゆっくりとした歩調で、赤坂《あかさか》のあたりでちょうど時分どきとなった。

「おう、そうそう。このあたりを持場にしている朋輩から、ももんじ屋が一軒、暖簾を出していると聞いたことがあるぞ。行ってみるか」

「えっ、ほんとですかい。そりゃあ懐かしい。行きやしょう、行きやしょう」

「まあっ。あたしも、五助さんへの供養のつもりで」

龍之助が言ったのへ、左源太もお甲も即座に応じた。猪《いのしし》や鹿の肉をももんじとも山くじらともいった。もゝんじ屋は別名を山奥屋ともいい、江戸ではほんの数軒と数えるほどしかない。しかも、おもて通りに暖簾や看板を出しているのではなく、隠れるようにひっそりと営んでいる。客のなかには暖簾をくぐるのに、わざわざ口実をもうける者もいる。

「薬喰《くすりぐ》いだ。病人だから精をつけなくっちゃなあ」

と、ソッと暖簾をくぐるのだ。

「どこかなあ、場所までは聞いておらんのだ。店の屋号もなあ」

龍之助はあたりを見まわした。江戸城外濠《そとぼり》の赤坂御門外を、武家地と二分するように広がる町家である。濠に面した通りで、そのような店が見つかるはずはない。

「へへ、待っててくだせえ。あっしがちょいと。匂いで分かりまさあ」

職人姿の左源太が町家の枝道に走り込んだ。お甲は町娘風に扮《こしら》えているが、龍之助は着流しの黒羽織で髷《まげ》も小銀杏《こいちょう》だ。前から見てもうしろから見ても八丁堀の同心である。その姿で町家の枝道や路地に入ったり出たりすればそれだけで目立ち、土地の岡っ引が走り寄ってくるだろう。

「へへ。ありやしたぜ、こっちでさあ」

左源太はすぐに町家の角から出てきた。

濠端の往還から二、三度ほど角を曲がった。曲がるたびに道幅が狭くなる。すれ違う者はちょいと脇に身を寄せ、龍之助の同心姿に軽く辞儀をし、ふり返って首をかしげている。槍突きも辻斬りも、もう過去のものとなっているのだ。

「あそこでさあ」

「まっ、こんなとこに」

左源太の指さした方向に、お甲は顔をしかめた。ひっそりと、隠れるように暖簾が出ている。だが、一目で分かる。茶屋風の玄関の構えなのだ。その点は神明町のもみじ屋と似ている。だが、雰囲気がまるで違う。陰間《かげま》茶屋なのだ。座敷で横に侍《はべ》るのが女ではなく美少年で、つまり男色を売る茶屋である。

「ゾッとするぜ」

龍之助は実際に身震いをし、その前を通り過ぎた。ももんじ屋はその隣で、小さな暖簾にくじらの絵が染め込まれている。それでももんじ屋と分かる。屋号も小さな文字で〝甲州屋〟。

「まっ」

お甲はまた声を上げた。宇田川町の献残屋とおなじ屋号だ。ということは、あるじは同郷かもしれない。

「入りやしょう」

　ここでも露払い役の左源太に龍之助とお甲がつづいた。

　中は小さな玄関にくらべ、けっこう広い板敷きの入れ込みになっている。文机《ふづくえ》のような台が五、六卓も置かれ、それぞれが互いに見えないように腰ほどの高さの衝立《ついたて》で仕切られている。

「おっ」

　と、店の老爺《おやじ》が龍之助の同心姿に小さく声を上げ、

「さ、こちらへ」

　一番奥に案内した。どうやら奉行所の朋輩も、ときどき来ているようだ。客はけっこう入っている。隠居風もおれば職人風もおり、逆の隅の座に三人連れの武士が鍋をつついていた。

　出された。猪の肉で、土鍋の中に野菜類と一緒に煮込まれている。

「うっ」

　と、龍之助にはむせるような匂いだった。

「あら、こうして食べるのね」

「うーん、そうみてえだなあ」

お甲も左源太も言う。二人とも、江戸でもも、、、、んじを口にするのは初めてのようだ。

「さ、龍兄イ。やってみなせえ」

龍之助にすすめ、自分から口に運び、

「うん、確かに猪でさあ。なつかしい」

「あら、そうね」

つづいてお甲も口にし、ほころんだ顔が、さきほど陰間茶屋を見たときとは対照的になった。

龍之助も口に運んだ。

「うん、旨《うま》い。だが、歯ごたえがありすぎるなあ」

「そこがいいんでさあ」

左源太が言い、お甲も口を動かしながら頷いた。魚の肉ではないのだ。
二、三口、食べてから、
「しかしねえ」

と、また左源太が言う。

「こいつを鋤焼《すきやき》にすりゃあ、もっといいんですがねえ」

お甲もまた頷いた。二人が交互に話すには、野良や山に出たとき、鋤を鉄板代わりに猪の肉をジュージューと焼いて食べていたという。それを杣人《そまびと》たちは、スキヤキと言っているらしい。

「ほーう。そりゃあ旨かろうなあ」

いまは煮込みだが、その感触は龍之助にも理解できた。いかにも精がつきそうだ。

「五助め、槍で一突きか。勢いのよかったのが分かるような気がするな」

龍之助がポツリと言ってまた肉片を口に入れたのへ、

「あの人、ここに来たことがあるかもしれませんねえ」

「来てたどころか、卸《おろ》してたかもしれやせんぜ。食べやしょう、供養だ」

「だったらお末ちゃん、ここへ一度連れてきてやればよかった。こんな店があったなんて、龍之助さま。もっと早く言ってくれればよかったのに」

「そうだい。ならばさっきも、江戸土産にあいつらみんなここへ連れてきて、それから四ツ谷の大木戸に行きゃあよかったんだ」

二人とも口をモゴモゴさせながら言う。

「まあ、そう言うねえ。俺もよ、四ツ谷の大木戸で引き返すとき、左源太が分銅縄の話なんかするから、それでフッと思い出したのさ。一段落もついたことだしな」

「さようですかい」

なおも左源太は口をモゴモゴ動かしている。

「そうよねえ、ほんと。一件落着」

「いや。落着じゃねえ。あくまで一段落だ」

「えっ。まだ何かありやすのかい」

「ある」

「えっ」

左源太もお甲も口の動きをとめ、龍之助の顔を見つめた。

「人返しも賭場への締めつけも、松平さんのご政道さ。これから、いよいよ厳しくなろうよ」

「あっ」

龍之助の言葉に、左源太とお甲は得心したように、同時に声を洩らした。

五

松平屋敷の足軽大番頭《おおばんがしら》・加勢充次郎《かせみつじろう》から、宇田川町の甲州屋右左次郎《うさじろう》をつうじ、また会いたいと申し入れがあったのは、龍之助らが赤坂のもも、ん、じ屋で舌鼓《したづつみ》を打ってから四日ほどを経ていた。

龍之助は増上寺門前の一件を御留書《おとどめがき》に認《したた》め、平野与力をとおし奉行の柳生久通《やぎゅうひさみち》に報告していた。

——増上寺門前の繁華な地にて、面体怪しき男五人、女二人の一群を見つけ、吟味したるところ甲州無宿と判明し、神明町に一時預かりの上、増上寺門前町、神明宮門前町、ならびに宇田川町が帰りの路銀三十両を工面し、人返しを実施。甲州街道四ツ谷大木戸まで同道し、江戸を出たるを確認
これに鬼頭龍之助の名と日にちを加えただけだが、一点の誇張も嘘もない。ただ、賭博がらみの揉め事がそこに記《しる》されていないだけである。

「——えへへ。こんどの揉め事で一番いい思いをしたのは、大松の弥五郎親分てえことになりやすね」

「——それもよかろう。だがな、左源太。本門前の二丁目で二ノ源とにらみ合ったとき、弥五郎が駈けつけていなかったら、事態はどう転んでいたか分からなかったぞ。俺が増上寺門前町の貸元たちを相手に事を収められたのは、弥五郎がいたからさ」

「——そりゃあ、分かりやすがね」

「——それに、あのお末という娘。さすがは五助の妹だ。こたびのきっかけをつくっ

てくれた。お末め、あのとき、確かに命を賭けていたぞ」

「――そう。あたしも、そう思います。お末ちゃん」

赤坂のももんじ屋で松平定信の話が出たあと、口なおしに三人はつづけたものである。龍之助が御留書の筆を取ったのは、赤坂から直接呉服橋御門内の北町奉行所に戻ってからだった。筆を走らせながら、大松の弥五郎やお末の顔を頭に浮かべたものだった。

甲州屋の手代が八丁堀に知らせに来たとき、

「うっ」

龍之助は呻き、一段落ついたところでまた〝田沼の隠し子〟探索の催促かと思い、加勢が用件の内容を言っていなかったかどうか訊いたが、

「さあ、それはなにも。わたくしが松平さまのお屋敷に商いの件でお伺いしたとき、加勢さまから頼まれましたので。ただ、話されるとき、加勢さまはすこぶるご機嫌のごようすに感じました」

手代は言った。龍之助は一人苦笑した。用件が〝隠し子〟の件なら、加勢が外部の者に話すはずがない。〝田沼の隠し子〟を松平家が探索していることは、屋敷内でも知る者はきわめて限定されており、外部では龍之助ただ一人……ではなく、龍之助か

ら聞かされた左源太とお甲の三人だけなのだ。

　ならば〝すこぶるご機嫌〟だったのはなにか。田沼意次が死去し、柳営から田沼色を一掃し、いよいよ松平色ですべてが動きだしたことへの、家臣団の自信のあらわれか……。

　さっそく手代が知らせてきた翌日の午近《ひる》く、七月も下旬に入った日であった。別間には例によって左源太と岩太が談笑している。

「――うひょー。また料亭から取り寄せた昼めしじゃねえ、御膳がいただけるぜ」

　談合の時間帯を聞いて、左源太はいつもながらよろこんだものである。

　甲州屋のいつもの奥の部屋で、加勢充次郎はいくらか遅れて入ってくるなり、

「いやいや、鬼頭どの。またそなたの名がわが殿の口から出ましたぞ」

　と、なるほど上機嫌だった。そのせいか、

「さあ、鬼頭どの。もうこれからは端座などお互い堅苦しゅうていかん。胡坐《あぐら》になってくだされ」

　加勢は龍之助に端座を崩すよう手で示しながら、みずから胡坐に腰を下ろした。

「さようでござるな」

　龍之助は応じ、端座していた足を胡坐に組み替え、

「ほう。このほうが親しみを持てますなあ」

「そうでござろう。これからはこれでいきましょう」

座は確かにやわらいだ雰囲気になった。

「で、なんでしょうかな、きょうのご用件は。それに、さきほどおっしゃった松平定信さまの舌頭《ぜっとう》にそれがしの名が乗ったとは」

「それよ、鬼頭どの。いやあご貴殿はなんと頼もしい町方の同心であることよのう。槍突きの捕縛といい、それに、こたびはまたも手柄を立てなさった」

「なんのことでしょう」

「それそれ、ご謙遜召されるな。人返しのことですよ。貴殿の認《したた》められた御留書を北町奉行の柳生久通さまが、柳営でわが殿へお見せになられた。殿はことのほかよろこばれ、そこに貴殿の名があるのにも気づかれた。往年の飢饉で諸国より溢《あぶ》れ者が多数江戸へながれ込んで世の安寧を乱していることは、われらより町方の貴殿のほうが詳しいはずじゃ」

「いかにも」

「そこでわが殿は柳営の老中首座として、それらを国許に戻し定着させる人返しを下知なされた。じゃが、まだ下知だけの段階にて、いかにして効率よく返すかその方途を定めあぐねておいでじゃ」

「そのようですなあ」

龍之助は皮肉っぽく返した。実際にそうなのだ。加勢はさらにつづけた。

「そこへもって貴殿の御留書じゃ。わが殿においては〝これじゃ〟とおっしゃられてのう」

「これとは？」

「またまたご謙遜召さる。それ、貴殿がおこなったことじゃ。町家で不審な者を見つけ、しかも七人も。それを追い立てるのではなく、町預かりとして周囲がこぞって路銀を出し、その者どもを国許へ返した。貴殿は甲州街道の四ツ谷大木戸まで出張り、そやつらが江戸を出るのを確認したというではないか」

なるほど、確かに柳生久通は御留書を定信に見せている。加勢はなおもつづけた。

「その手法じゃよ。町衆がこぞってお上の下知を服膺《ふくよう》し、町方と一体となって推進する。殿が〝これじゃ〟と仰《おお》せられたのは、そこのところじゃ。さらに殿は、これこそ向後のお定めの範となるものと仰せでのう。そこに出た名が貴殿であったとは、わしも鼻が高うござる」

「いやあ、加勢どの。路銀を工面いたしたは町衆でござって、宇田川町ではこの甲州屋右左次郎どのが尽力されましてのう」

「ほう、そうでござったか。それは、それは。ますます鼻が高《たこ》うなりもうす」

おかしい。このようなことを延々と話すために、

（わざわざ俺を呼んだのではあるまい）

龍之助は次の話をうながすように、加勢の顔を見つめた。これには加勢も気づいたようだ。

「おう。そこでじゃ、鬼頭どの」

加勢は胡坐のまま身づくろいするように肩を動かし、

「わが殿においては、江戸から博打を一掃するべく下知を出されておる」

「今年睦月の賭博ご停止《ちょうじ》の布令、高札にもあり、町々にも通達しておりますよ」

「したが、これといった成果がまだ見えぬ。そこで鬼頭どの。そなたの持場には神明宮や増上寺の門前町など、怪しげなる地が多いゆえ、秘かな賭場がけっこうあるのではと思うてな」

「うーむ。とかく寺社の門前というのは、われら町方の入りにくいところですからなあ」

難色を示すと加勢は、

「分かっておりもうす。だからこうして、わざわざお頼みしているのでござる。大きな賭場を一つ、見せしめに挙《あ》げてくださらぬか。それも、無頼どもの賭場に泣かされた、町家の者を救うという形でのう。わが殿はこたびの人返しのように、博打の停止においても、範となるような事例をお望みなのじゃ」

「ふむ。そういうことですか」

「それをおぬしが挙げてくれたなら、わが屋敷とそなたとのつなぎ役であるそれがしは、ますます鼻が高うなるのですがなあ」

　なるほど、加勢充次郎は屋敷内において自身の手柄を望んでいる。その〝事例〟の具現も、松平定信から命じられたものか、それとも加勢から申し出て請負ったものか定かでない。龍之助にとってそれはどちらでもよく、定信の念頭に〝優れた町方〟として〝鬼頭龍之助〟の名があることは確かなようだ。松平屋敷の〝田沼の隠し子〟の探索に目くらましをかけるにも、

(好ましい事象)

　かもしれない。

「ふむ。心がけておきましょう」

「ほう、やってくださるか。それはありがたい」

顔をほころばせる加勢に龍之助は、

「して、例の件ですが、御家《おんけ》ではなにか手証《てしょう》となりそうなものはつかまれましたか」

気になっている題目に、龍之助から踏み込んだ。

「おゝ、それでござる」

加勢が膝をポンと打ったのへ、龍之助はハッとした。

「忘れてはおらぬ。つい近ごろ、槍突きに辻斬りに人返し、さらに賭博の停止と、さまざまなことに翻弄《ほんろう》されたゆえ。むろん〝田沼の隠し子〟も、屹度《きっと》找《さが》し出せとの、殿からの厳命じゃ。なれど、三十年以上も前に、まだ旗本であった田沼家に奉公していた娘を找しだすのだから、雲をつかむような話ですわい。当方も尽力しておるゆえ、貴殿もよろしく探索してくだされ」

「ふむ」

龍之助は頷き、胸中に大きく息をついた。松平屋敷は、まだ何もつかんでいないようだ。

帰り、加勢が甲州屋右左次郎の手を取り、褒め言葉とともに礼を言ったのは言うまでもない。その声は、部屋に残った龍之助にも聞こえていた。

一呼吸おいて部屋を出た龍之助に、

「鬼頭さま。これで手前ども、お大名家相手の献残物商《あきな》いが、ますますやりやすうなりますでございますよ」

感謝とともに、よろこびを見せていた。

龍之助と左源太の足は神明町に向かった。

「へへ、岩太め。松平の屋敷じゃ、女中、飯炊き、中間にいたるまで、立ち居振る舞いは他藩の範となるべしなどと言われ、毎日が堅苦しゅうてしょうがねえなんて言っておりやしたぜ」

「ほう、そのようになあ。だがよ、左源太。それがやがて江戸市中、武家地も町家もすべてのものとなることは目に見えておるぞ」

「へえ、そのようで。くわばら、くわばら」

話しながら、二人の足は神明町に入った。

石段下の割烹・紅亭である。奥の座敷に大松の弥五郎と伊三次、それにもちろん当家仲居のお甲の顔がそろった。龍之助が呼んだのだ。

「さっき、甲州屋でなあ……」

加勢充次郎から要請のあったことを話した。もちろん、賭場の件だけである。

「あらら。あたし、どうしましょう」

「へへ、お甲よ。そのときは俺がおめえに縄をかけてやるぜ」

などと左源太とお甲は冗談を飛ばし合っている。

だが、

「やりなさるかい」

「やる」

弥五郎と龍之助は真剣だった。

「増上寺門前に手を入れるぞ。貸元の仁義に反するような小細工をしている賭場がないかどうか、それとなく当たってみてくれ。もちろん、一ノ矢に筋を通してからだ」

「へい。やってみやしょう」

弥五郎の言葉に、かたわらの伊三次がブルルと身を震わせた。

六

翌日、

「これは鬼頭さん、またまたお手柄じゃないですか」

と、奉行所に出仕した龍之助を待っていたのは、同輩たちの声だった。きのうのうちに知れ渡っていたようだ。

「お奉行だけでなく、老中さままで達するとは」

「それも増上寺門前がからんでいるところで」

「土地の者に、波風は立ちませんでしたか」

同心溜りでひとしきり話の中心となり、やがて話題は、

「下手に手をつけると、江戸の町中、騒然となりますぞ」

賭博禁止令に移った。龍之助が松平屋敷の足軽大番頭から、〝事例〟づくりの要請を受けたことは洩れていないようだ。もとより甲州屋の奥座敷で、龍之助と加勢充次郎がときおり談合していることは、奉行所にも世間一般にも極秘となっているのだ。松平とこの極秘案件を共有するなど、龍之助にはことさら愉快だった。

奉行所の廊下で、また平野与力に呼びとめられた。

「おめえらしいなあ。大門の大通りで挙げた無宿者を新明町の預かりに？　まともにそんなこと、できるわけねえだろう。あのあたりの無頼どもに渡りをつけ、うまく立ち振る舞ったようだなあ」

町家の裏を知っている平野与力には、それが分かる。平野はつづけた。

「あはは。賭場はそう簡単にはいくまい。だが、おめえのことだ。なにかうまい手を

考え、実を上げるかもしれんなあ」

「い、いえ。そんなことは」

龍之助が一瞬返事に迷ったのは、すでに〝なにかうまい手〟の一歩を踏み出していたからだった。龍之助の表情から、平野与力はそれを覚ったようだ。

「ともかくナ、深入りには気をつけろ。奉行所でなにか後詰《ごづめ》の必要なときには、俺がなんとかしようじゃねえか」

「はい。よろしくお願いいたします」

龍之助は丁重な言葉を返した。二人の立ち話のすぐ横を、小者が一人、水桶を抱えて通ったのだ。

数日中に、大松の弥五郎は一ノ矢の矢八郎と談合の場を持ち、

『同業によ、兄弟《きょうでえ》。貸元の仁義に悖《もと》るような、阿漕《あこぎ》な賭場を開いている野郎がいたなら、こりゃあ鬼頭の旦那だけじゃねえ。わしら同業の面汚《つらよご》しにもなりやすぜ』

どちらかが言えばどちらかが頷くことだろう。大松の弥五郎はお末の〝越訴《おっそ》〟事件以来、増上寺門前の貸元たちと、ずいぶん話がしやすくなっている。

文月（七月）も終わりに近づいた一日だった。ときおり秋風を感じる日もある。炎

熱をふりまく勢いを失った太陽が、西の空に大きくかたむきかけている。

「龍兄イ、なんだか悪いよ。ほんとに、いいんですかい」

茶店・紅亭の縁台に腰を据えていた。夕刻を迎え、そろそろあわただしくなりはじめた街道の動きから目を離し、左源太は龍之助のほうへ顔を向けた。さっきから二人は人を待っている。

「いいってことよ。俺はなあ、茂市とウメを連れていってやりてえのよ」

「へへ。あの爺さんと婆さん、鍋を目の前に腰を抜かしやすぜ」

「あはは。そこを見たいのさ」

左源太が先日、甲州屋右左次郎に、

「——赤坂にも甲州屋ってのがありやしたぜ」

と、もゝんじ屋の話をしたのだった。右左次郎はその存在を知らなかったらしく、

「——ほぉお、それは珍しい。いや、懐かしい」

膝を打ち、さっそく皆で行こうという話になり、甲州屋の番頭も乗ってきた。もちろん、龍之助もお甲も一緒にである。ところが龍之助は、

「——まずは、おめえらで行ってきねえ」

と、行くのを見合わせたのだ。右左次郎は甲州の出だから屋号が〝甲州屋〟で、番

頭も甲州の産だ。おそらく左源太やお甲が言っていた鋤焼を、山間や野良で食べていた口だろう。行けば往時を懐かしみ、同郷の者同士で話も盛り上がるだろう。だから江戸生まれで江戸育ちの龍之助は遠慮したのだ。

話しているうちに、右左次郎と番頭は街道から、お甲は神明町の通りから、ほとんど同時に来た。右左次郎と番頭は、まるで子供のように嬉しさを全身にあらわしているのが分かる。

「でもさあ、場所が気に入りませんよ。あんな路地裏へ隠れるように……」

お甲はまだそこが不満なようだ。

「では、鬼頭さま。つぎは是非ご一緒に」

「あゝ。そう願っておりますよ」

言う龍之助に、右左次郎と番頭が丁寧に辞儀をしたところへ、茶汲み女が近くから町駕籠四挺を連れて戻ってきた。甲州屋右左次郎がついておれば、行くときから豪勢だ。陰間茶屋などとならび隠れるように暖簾を出しているももんじ屋だが、右左次郎たちにとっては江戸のどんなに値の張る料亭の料理よりもご馳走なのであろう。

それら嬉々とした町駕籠四挺が街道の人込みのなかへ入ったのを見送り、

「ふーっ」

息をつき、龍之助はふたたび縁台に腰を下ろし、

（一度、弥五郎や伊三次とも一緒に行くか）

思い、

（はて、あの二人の郷里……。まだ聞いていなかったなあ）

左源太やお甲と訛りが違うから、甲州ではなさそうだ。首をかしげたのと同時に、

「旦那、あっしの里の上州にもありやすぜ、鋤焼は。懐かしゅうござんす」

言いながら座っている龍之助の横に伊三次が立った。

「お、来たか。ふむ、上州だったか」

「へえ、まあ。それはともかく、そろそろ行きやしょうかい」

「おう」

龍之助は腰を上げた。その横を、手甲脚絆に振分け荷物の男が足早に通り過ぎた。いずれかの旅から戻り、明るさのあるうちにわが家へと急いでいるのだろう。夕刻にはそうした姿をよく見かける。ここは東海道なのだ。

陽が落ちた。

今宵、金杉橋周辺の芝から浜松町に神明町、さらに宇田川町を経て新橋のあたりまで、街道筋を中心に伊三次と微行しようというのである。伊三次は茶汲み女を呼び、

神明町の自身番から借りてきた弓張提灯に火を入れた。墨書された〝神明町　自身番〞の文字が暮れかけたなかに浮かび上がる。龍之助は着流しに黒羽織をつけた同心姿で、伊三次は脇差を帯びた遊び人姿だ。龍之助が左源太ではなく、伊三次を同心姿のままの微行につき合わせるのには理由《わけ》があった。伊三次にも岡っ引の手札を渡そうというのではない。だが、それに近い。

龍之助はこれから〝貸元の仁義に悖る賭場〞を挙げようとしている。その場所が増上寺の門前町になるかもしれない。実際、一ノ矢は大松の弥五郎に、

「地元だが、どうも臭《くせ》えやつがいる。もうすこしようすを見なきゃ、はっきりしたことは分からねえが」

言っているのだ。もちろんそれは龍之助の耳にも入っている。そこへ探索の手を入れるとなれば、単独ではできない。向後のためにも、隠すのではなくはっきりと、

――お上の手として、手入れしようというのではない

ことを、町々の無頼どもに示しておいたほうがよいと判断したのだ。きょうはそのお披露目ということになろうか。それに伊三次は、

「博打なんてやってるのは、なにもあっしらの賭場に限りやせんぜ」

日ごろから言っており、それを見つけるのにも長《た》けている。玄人《くろうと》の代貸として、そ

うした風潮をむしろ苦々しく思っているのだ。だからであろう、素人博打の臭いを嗅ぎ分けるにも、左源太より伊三次のほうが適している。

あたりにはもうかなり暗さが増している。

増上寺の門前町には入らなかった。伊三次は、神明町の弓張提灯を手に近くの往還に歩を取ったとき、言っていた。

「この町の貸元衆は神明町《うち》と違い、林立してそれぞれしのぎを削っているものですから、つい仁義を忘れ貸元の道をはずれる野郎が出るんでやしょうねえ。ま、大松《うち》の弥五郎親分も言ってやしたが、調べは一ノ矢の貸元に任せておけば、うまく洗い出してくれやしょう」

龍之助も一丁目の矢八郎なら、

（勢力は伸ばそうとはするだろうが、そう間違ったことをする男じゃない）

と、みている。

「――だから、あの難しい増上寺の門前で、しかもその一等地に貸元を張っておられるんでさあ」

弥五郎も言っていた。

甲州屋右左次郎たちは赤坂の小さな暖簾の店で里の話に花を咲かせ、まだも、、、もんじに舌鼓を打っているだろうか、あたりはもうまったくの闇である。

　伊三次の持つ弓張提灯の灯りが、浜松町二丁目のあたりで街道に出た。ところどころにぶら提灯が揺れているのは、どうも千鳥足のようだ。増上寺門前町か神明町で遊んだ帰りであろう。このあたりは、増上寺や神明宮への参詣客を泊める旅籠《はたご》がけっこう暖簾を出している。もちろんこの時刻は、暖簾もしまい雨戸も閉めている。もっとも潜り戸を叩けば開けてくれるが……。

　そうした旅籠で、おもての街道からは見えにくいが、脇道に面した二階の障子窓に明かりのある部屋を、

「ご覧なせえ」

　と、伊三次が気づいた。

「おもしろそうですぜ。ちょいと行ってみやしょう」

「ふむ」

　二人は脇道に入った。

　聞こえてくる。人のざわめきだ。

　つづいて、ジャラジャラとカネを計算する音……。

　素人ばかりのにわか開帳では、賭けるのは駒札ではなく一分金や二朱銀など、現金

を直接賭け、丁半の掛け金が同額になるまでがまた楽しみで、声を抑えていてもついけっこうざわつく。

「ほら、ね。これが庶民の楽しみでさあ」

「そのようだな」

「あのまま放っておくと、前後も忘れ声はだんだん大きくなり、掛け金も増え、そのうち喧嘩沙汰なんてのがよくあるんでさあ、素人衆の盆茣蓙には」

「ふむ。とめてやるか」

「そのほうがいいようで」

龍之助は伊三次の弓張提灯を頼りに旅籠の裏手にまわり、板戸を叩いた。

番頭が出てきた。なんと提灯の灯りに同心の姿が浮かんでいる。番頭は仰天し、すぐ奥へ駈け込もうとしたのを、

「待ちねえ」

龍之助は腕を取った。本来なら、通報《たれこみ》があれば町方がドッと打ち込み、その場の者を全員自身番に引き、さらに奉行所の白洲に引き据え、数日の入牢に百叩きか、常習者となれば遠島が待っているかもしれない。それの徹底を老中は下知し、高札とともに町々にも達しているのだ。街道筋の旅籠がそれを知らないはずはない。この時節、

見せしめに営業停止《ちょうじ》にもなりかねない。

それがいつもの鬼頭龍之助と分かっても、旅籠にとってはやはり奉行所の同心である。蒼《あお》ざめる番頭に、龍之助は言った。

「さっきよ、おもてを通りかかったら、二階から金を勘定する音が聞こえてくるじゃねえか」

「へ、へえ」

「こんな夜中に金勘定の音をおもてへ洩らしたんじゃ、盗賊においでおいでをしているようなもんだぜ。あいつら泊り客だろう。すぐ金勘定をやめさせねえ」

「へ、へい。へい、ただいま」

手を放すと番頭は、弾かれたように母屋へ走り込んだ。

すぐだった。龍之助と伊三次は、さきほどの脇道から二階を見上げた。

灯は消えていた。物音一つしない。

「うふふ」

軽やかな足取りで二人は街道に出た。

ゆっくりとした歩調で、神明町のほうに戻っている。

「旦那、さっき旦那は〝盗賊に〟などと言っておいでやしたが、あれってご自分の……いえ、松平さまのことをおっしゃってたのでは……」

「ふふふ。そう聞こえたかい」

「へえ。少なくともあっしには」

「庶民にとっちゃあ、盗賊よりも恐いぜ。松平さまのご政道はよう」

「だからでさあ。これからも八丁堀を、つづけておくんなせえ」

「あゝ、そのつもりだ」

二人の足は、昼間なら〝茶店本舗　紅亭　氏子中〟の幟《のぼり》が見えるところまで戻ってきていた。松平定信の治世がいよいよ強化されようとしている天明八年（一七八八）文月（七月）下旬、鬼頭龍之助の表情は、伊三次の持つ弓張提灯の灯りに照らされ、これまでになく決意を秘めたものになっていた。

あとがき

本シリーズは田沼意次《たぬまおきつぐ》の時代が背景になっている。というよりも、本編を境に〝なっていた〟と表現しなければならない。本編第四話からは、松平定信《まつだいらさだのぶ》の時代が背景となる。田沼意次が死去したのは天明八年（一七八八）六月二十四日で、本編の主人公で意次の隠し子でもある鬼頭龍之助《きとうたつのすけ》の、その日の動きが第三話に出てくる。意次は十代家治《いえはる》将軍の死によって老中職を解かれて失脚し、十一代家斉《いえなり》将軍の補佐になった松平定信から徹底的に追いつめられ、失意のなかでの死であったことは史実の示すとおりであろう。

その後、松平定信は田沼意次の重商主義を完全に否定し、綱紀粛正と質素倹約を中心とした、世に言う〝寛政の改革〟を強引に推し進めることになる。その手始めが第四話（二四九頁）に出てくる博打《ばくち》の禁止令である。これについては江戸時代史研究のある書物に、次のように解説されている。いくらか文語調になるがここに紹介したい。

本編はこれを参考にした。
――実に当時における博奕《ばくえき》の様《さま》を思うに、公然賭場《とば》を開き勝負を争いしものなり。しかもその所は盗賊・駈落者《かけおち》らの駈込場所となりしがごとく、博奕を一層厳しく禁ぜば天下の風俗 革《あらたま》らんとさえ議せられき。ここにおいて天明八年正月に至り、厳にこれを禁ずる旨《むね》の令を出《いだ》せり。その要をいえば、博奕ならびに賭事《かけごと》の諸勝負は以前より禁ぜらるるところなるに、近年一同にその禁緩《ゆる》み、また種々の名目をつけて武家屋敷・寺社または茶屋ならびに辻《つじ》等において、これを行う者あり。爾今《じこん》は右体《みぎてい》の不埒《ふらち》の者あらば急度《きっと》申しつくべく、掛《かか》り合いの先々までも用捨《ようしゃ》なく罰すべし
　これを言葉どおりに実施したなら、さながら現代においてパチンコも競馬も競輪、競艇もすべて禁止となり、賭けた者・場所を提供した者など、すべて入牢《じゅろう》ということになるだろう。松平定信の時代、これが現実に実施されたのである。
　第一話の「槍突き無宿」は天明八年（一七八八）の正月から始まる。前述の博打禁止令が出された月で、松平定信の〝寛政の改革〟が始動した時期である。だが、江戸市内に定信の出鼻を挫《くじ》くような事件が発生していた。槍突《やりつ》きと辻斬りが頻発していたのだ。龍之助は犯人像を想像したが、それは松平定信の想像とおなじものだった。その想像から定信は犯人の〝生け捕り〟を厳命する。龍之助もまた〝生け捕り〟に、し

かも自分の手で捕えねばならないと決意する。このため龍之助は大松の弥五郎《やごろう》の合力《ごうりき》を得て、犯人を神明町におびき出すが、そこに槍突きが掛かり、捕えると犯人は龍之助や定信の想像とは異なり、左源太とお甲の見立てた類《たぐい》の者だった。犯人捕縛の手柄を、龍之助たちは素直に喜ぶことはできなかった。

槍突きと辻斬りには明確な違いがあった。槍突きは裕福そうな町人ばかりを標的にしていたのに対し、辻斬りは武士ばかりを狙っていた。第二話の「闇夜の自裁」は、この辻斬り犯を龍之助が懸命に追う展開となる。辻斬りの手口などから、龍之助は当初に自分が想像した犯人像に確信を持ち、犯人が出没する場所まで予測した。松平定信も同様で、いよいよ犯人の〝生け捕り〟を厳命するが、龍之助は断じてそれを防がねばならなかった。龍之助の予測は当たっていた。左源太とお甲の三人で犯人を追いつめるが、犯人は龍之助と松平定信の想像したとおりの人物だった。龍之助は松平定信の思惑を潰《つぶ》そうと、捕り物現場で一計を案じる。

第三話の「意次危篤《きとく》」は、題のとおり田沼意次が危篤状態になる。しかし、田沼屋敷の周辺には松平定信の目があり、見舞いに行くことができない。ところが松平家の加勢充次郎《かせみつじろう》が、龍之助に田沼屋敷へ入り込むことを要請する。龍之助は受け、おかげで意次と秘かに会う機会を得るところとなる。意次の意識はまだあり、龍之助にただ一言「すまぬ」と言って息を引き取る。このあと、加勢充次郎は松平定信の意志として、龍之助に〝田沼の隠し子〟の探索に一層尽力するよう要請する。

第四話の「貸元の仁義」は、定信の博打禁止令やすでに出ていた人返《ひとがえ》し令に、龍之助が町方同心としてどう対処するか、実際の行動で示すことになる。それは同時に、弥五郎や伊三次《いさんじ》らが龍之助に期待するものとも一致していた。その行動は、龍之助が松平定信の治世下に、同心として如何《いか》に生きるかを示すものであった。

このあと松平定信は〝綱紀粛正〟策を次々と打ち出し、実行するところとなる。隠《かく》し売女《ばいじょ》の禁止、浮浪人の取締り、好色本や一枚絵の取締り、さらに湯屋《ゆや》での男女入込《いりこ》みの禁止に女髪結の取締り等々と、それらは江戸市中から華やかさを消すものでしかなかった。奉行所の同心たちは市中にくり出し、定信の出す数々の禁止令を実行し取り締まらねばならない。だが龍之助は、それらを町衆とともにかいくぐる一方、松平屋敷からは〝田沼の隠し子〟の探索をさらに催促されるところとなる。

平成二十三年　初冬

喜安　幸夫

時代小説
二見時代小説文庫

槍《やり》突《つ》き無宿《むしゅく》　はぐれ同心《どうしん》　闇裁《やみさば》き6

著者　喜安幸夫《きやすゆきお》

発行所　株式会社　二見書房
東京都千代田区三崎町二－一八－一一
電話　〇三－三五一五－二三一一［営業］
　　　〇三－三五一五－二三一三［編集］
振替　〇〇一七〇－四－二六三九

印刷　株式会社　堀内印刷所
製本　ナショナル製本協同組合

落丁・乱丁本はお取り替えいたします。
定価は、カバーに表示してあります。

©Y. Kiyasu 2012, Printed in Japan. ISBN978－4－576－12008－9
http://www.futami.co.jp/

二見時代小説文庫

はぐれ同心 闇裁き 龍之助江戸草紙
喜安幸夫［著］
時の老中のおとし胤が北町奉行所の同心になった。女壺振りと島帰りを手下に型破りな手法と豪剣で、悪を裁く！ワルも一目置く人情同心が巨悪に挑む新シリーズ

隠れ刃 はぐれ同心 闇裁き2
喜安幸夫［著］
町人には許されぬ仇討ちに人情同心の龍之助が助っ人。敵の武士は松平定信の家臣、尋常の勝負はできない。〃闇の仇討ち〃の秘策とは？大好評シリーズ第2弾

因果の棺桶 はぐれ同心 闇裁き3
喜安幸夫［著］
死期の近い老母が打った一世一代の大芝居が思わぬ魔手を引き寄せた。天下の松平を向こうにまわし龍之助の剣と知略が冴える！大好評シリーズ第3弾

老中の迷走 はぐれ同心 闇裁き4
喜安幸夫［著］
百姓代の命がけの直訴を闇に葬ろうとする松平定信の黒い罠！龍之助が策した手助けの成否は？これぞ町方の心意気、天下の老中を相手に弱きを助けて大活躍！

斬り込み はぐれ同心 闇裁き5
喜安幸夫［著］
時の老中の家臣が水茶屋の妓に入れ揚げ、散財しているという。極秘に妓を〃始末〃するべく、老中一派は龍之助に探索を依頼する。武士の情けから龍之助がとった手段とは？

栄次郎江戸暦 浮世唄三味線侍
小杉健治［著］
吉川英治賞作家の書き下ろし連作長編小説。田宮流抜刀術の達人矢内栄次郎は部屋住の身ながら三味線の名手。栄次郎が巻き込まれる四つの謎と四つの事件。

二見時代小説文庫

間合い　栄次郎江戸暦2
小杉健治［著］

敵との間合い、家族、自身の欲との間合い。一つの印籠から始まる藩主交代に絡む陰謀。栄次郎を襲う凶刃の嵐。権力と野望の葛藤を描く傑作長編小説。

見切り　栄次郎江戸暦3
小杉健治［著］

剣を抜く前に相手を見切る。過てば死…。何者かに襲われた栄次郎！彼らは何者なのか？なぜ、自分を狙うのか？武士の野望と権力のあり方を鋭く描く会心作！

残心　栄次郎江戸暦4
小杉健治［著］

吉川英治賞作家が〃愛欲〃という大胆テーマに挑んだ！美しい新内流しの唄が連続殺人を呼ぶ……抜刀術の達人で三味線の名手栄次郎が落ちた性の無間地獄

なみだ旅　栄次郎江戸暦5
小杉健治［著］

愛する女を、なぜ斬ってしまったのか？三味線の名手で田宮流抜刀術の達人矢内栄次郎の心の遍歴……吉川英治賞作家が武士の挫折と再生への旅を描く！

春情の剣　栄次郎江戸暦6
小杉健治［著］

柳森神社で発見された足袋問屋内儀と手代の心中死体。事件の背後で悪が哄笑する。作者自身が〃一番好きな主人公〃と語る吉川英治賞作家の自信作！

神田川斬殺始末　栄次郎江戸暦7
小杉健治［著］

三味線の名手にして田宮流抜刀術の達人矢内栄次郎が連続辻斬り犯を追う。それが御徒目付の兄栄之進を窮地に立たせることに……兄弟愛が事件の真相解明を阻むのか！

夜逃げ若殿 捕物噺 夢千両 すご腕始末
聖龍人［著］

御三卿ゆかりの姫との祝言を前に、江戸下屋敷から逃げ出した稲月千太郎。黒縮緬の羽織に朱鞘の大小、骨董目利きの才と剣の腕で江戸の難事件解決に挑む！

夢の手ほどき 夜逃げ若殿 捕物噺2
聖龍人［著］

稲月三万五千石の千太郎君、故あって江戸下屋敷を出奔。骨董商・片倉屋に居候して山之宿の弥市親分とともに謎解きの才と秘剣で大活躍！大好評シリーズ第2弾

姫さま同心 夜逃げ若殿 捕物噺3
聖龍人［著］

若殿の許婚・由布姫は邸を抜け出て悪人退治。稲月三万五千石の千太郎君との祝言までの日々を楽しむべく由布姫は江戸の町に出たが事件に巻き込まれた。

妖《あや》かし始末 夜逃げ若殿 捕物噺4
聖龍人［著］

じゃじゃ馬姫と夜逃げ若殿、許婚どうしが身分を隠してお互いの正体を知らぬまま奇想天外な事件の謎解きに意気投合しているうちに…シリーズ最新刊！

奇策 神隠し 変化侍柳之介1
大谷羊太郎［著］

陰陽師の奇き血を受け継ぐ旗本六千石の長子柳之介は、巨悪を葬るべく上州路へ！江戸川乱歩賞受賞のトリックの奇才が放つ大どんでん返しの奇策とは？

御用飛脚 変化侍柳之介2
大谷羊太郎［著］

幕府の御用飛脚が箱根峠で襲われ、二百両が奪われた。報を受けて幕閣に動揺が走り、柳之介に事件解決の密命が下った。幕閣が仕掛けた恐るべき罠とは？